ベスト時代文庫

せっこの平蔵 道場ごよみ

早見　俊

JN283136

KKベストセラーズ

目次

序話　剣術指南も楽じゃない

――仏滅

一

盛岡藩南部家江戸下屋敷は、麻布一本松にある。

文化十三年（一八一六）の初夏、燃え立つような新緑の香りが庭園を覆っている。

「よいか平蔵、吉次郎君《きちじろうぎみ》はやがてお世継ぎとなられるお方ぞ。よおく心して御指南申し上げよ」

南部家江戸家老渡瀬喜三郎《わたせきさぶろう》が久松平蔵《ひさまつへいぞう》に耳打ちした。

「よく心して御指南申し上げます。立派な御藩主になられるように」

平蔵は明瞭な声で返答した。背が高く、浅黒く日に焼けた男である。彫りの深い整った顔立ちは、色さえ白ければ役者といっても通用するほどだ。ただし、爛々《らんらん》と輝く大きな目は、どことなく融通のきかない強情さを窺《うかが》わせる。

ここは、下屋敷に設けられた道場だ。

「大組番士の久松平蔵でございます。昨年より、江戸勤番となりました。国元では、寺社御町奉行所与力の職にございました。剣は、江戸で中西派一刀流免許皆伝、十《と》時新十郎《きしんじゅうろう》殿の道場で研鑽《けんさん》を積んでおります」

平蔵は、板敷きの見所に座する吉次郎の前で両手を付いた。

吉次郎は十歳、南部家の分家である三戸《さんのへ》信丞の長男である。ところが、藩主利敬《としたか》に実子がいないため、近々養子となり十一代藩主となることが予定されていた。

「平蔵の父は国元で寺社御町奉行の要職にあり、兄は御目付を拝命しております。平蔵自身、剣の腕は国元にあった頃から江戸表まで聞こえておりました。我が藩秘伝の南部鉄瓶割りのできる数少ない男でございます。まさに若様の剣術御指南にはうってつけ、かと」

喜三郎は平蔵の横に座り、丁寧に言い添えた。

「そうか」

紺地の胴着、袴に身を包んだ吉次郎は顔を背けた。色白の見るからにひ弱な身体つきをした少年だ。

「では、若様。御指南申し上げます」

平蔵は、防具は身に着けず胴着のまま竹刀を持った。吉次郎は、二人の小姓に手伝わせ、ぎこちない所作《しょさ》で防具を着ける。いかにも、不承不承といった態度だった。

武者窓から爽やかな風が新緑の香りを運び込んでくる。

吉次郎は、覚束《おぼつか》ない足取りで板敷きの真ん中に立った。

「若様、まずはお一人で防具を身に着けられるようになされませ」

平蔵は凛《りん》とした声音《こわね》で言った。

「そのような面倒なこと、あの者どもに任せればよい。着物でも女中どもが着せてくれるわ」

吉次郎は平伏する小姓たちを指差した。

「若様、ここは道場です。武芸は武士たる者のたしなみ。女子供に手伝ってもらうものではございません。若様は、われら家中の武士どもを束ねられるお方になられるのですぞ。範を示されねばなりませぬ」

横で蒼い顔をしている喜三郎にお構いなく平蔵は返した。

「いやじゃ。面倒じゃ。その方、早く、剣術を教えい」

吉次郎は竹刀を振り回した。なおも意見しようとする平蔵に、

「ま、若様は今日が初めてのお稽古。まずは、剣術とはどのようなものか、御覧いただけ。防具の件は、後日ということで」

喜三郎が間に入った。平蔵は仕方なく吉次郎に竹刀を構えて見せ、素振りのやり方を教えた。が、吉次郎は二度三度竹刀を振ると、もうよいと竹刀を放り出した。

すかさず平蔵は拾い上げ、

「お続けなされ」

と、手に握らせた。吉次郎は憮然とした顔で受け取ると、二度三度素振りらしきことを繰り返し、もう飽きたと、竹刀を平蔵に向かって放り投げた。

「若様、何ということをなされます」

平蔵は再び竹刀を拾い、吉次郎に押しつけた。吉次郎は拒み、

「それより、おぼろ返しとか申す秘剣、披露せよ」

と、命じた。

おぼろ返しとは、久松家伝来の秘剣である。

「畏《おそ》れながら、見世物ではございません」

平蔵は軽く頭を下げ、

「さあ、もう一度」

吉次郎の手に竹刀を握らせようとした。すると、

「見せよ！　余の下知が聞けぬか」

吉次郎は気色ばんだ。顔は真っ青になり、目が血走っている。

「いかに、若様の命とは申せ、おぼろ返しは久松家伝来の秘技でございます。見世物ではございません」

「ふん、どうせ、大した技でもないのであろう。おぼろ返しではなく、今日よりはおんぼろ返しと名づけよ」

吉次郎は肩をいからせた。

「何と、申されましても」

平蔵は屈辱で身を震わせながらも、吉次郎に竹刀を持たせようとした。が、吉次郎は抵抗する。二人は揉み合いとなり、平蔵も、つい手に力が入った。

「痛い、何をする！　無礼者！」

吉次郎は平蔵と揉み合ううちに指を擦りむいたようだ。

「若様」

小姓たちが駆け寄った。

「この者に怪我を負わされた」

吉次郎は擦りむけた指を差し出した。わずかに皮がめくれて、血が滲《にじ》んでいる。怪我というほどではない。平蔵は苦笑した。

「それしきの傷、唾でも付けておけば大丈夫、さあ、稽古にございます」

平蔵は臆することなく声を張った。

「さがれ！　余は怪我をしたのじゃ」

吉次郎は喚《わめ》き立てた。

「ですから、それしきの」

平蔵が言いかけた時、

「渡瀬、この者、指南役から外せ」

吉次郎は喜三郎を睨んだ。

「若様を思っての御指南でございます。何とぞ……」

喜三郎は板敷きに平伏し、平蔵の袴の裾を引っ張り、謝るよう促した。

「ならぬ、顔も見とうない。余の命に従わぬ不忠者め！」

吉次郎は小姓たちを従え、道場から出て行った。

「今日は、ご機嫌斜めであったのじゃ」

喜三郎は慰めるように平蔵に言った。

「拙者に御指南役は無理ですな」

平蔵は武者窓から覗く欅《けやき》の大木を見上げた。

「そんなことはない。若様には、是非とも南部鉄瓶割りを習得していただかなくては。ま、そなたも、もう少し丸くなったほうがよいな」

喜三郎は平蔵の肩を手でぽんぽんと叩いた。

「さりとて、若様は拙者を指南役から外せと申されました。お役御免です」

平蔵は薄く笑った。

二

その晩、平蔵は藩邸の長屋で蒲団に包まり、まんじりともしない夜を過ごした。若様からお役御免を言い渡された。その上、不忠者扱いされた。このまま禄を食《は》んでいたのでは、久松の家にも迷惑がかかる。

いっそのこと、藩を離れるか。

懊悩する平蔵の脳裏に、一年前の出来事が蘇った。

平蔵は江戸勤番となり、奥州街道を江戸に向かっていた。途中、大田原の宿に逗留した。夕刻、大田原神社に詣でると、境内に人だかりがあった。

野次馬根性から近づいてみると、大勢の男たちが一人の男を囲んでいる。その男は、身なりから浪人と思われた。浪人は、浅黒く日焼けした大柄な男だった。太い眉と大きな目をした精悍《せいかん》な面構えである。

平蔵は野次馬連中に相手方の素性を確かめた。大勢の男たちは大田原藩の藩士だった。

「抜けい」

藩士の一人が浪人に言い放った。酒に酔っているのか目の周りを朱に染めている。浪人はやめておけと、虫でも追い払うように右手を横に振った。これが、藩士たちの怒りを煽った。藩士の一人は、抜刀すると何事か喚きながら浪人に斬りかかった。

浪人は、大刀を抜き放つと藩士の籠手を峰打ちにした。藩士は刀を落とし、地べたにひざまずいた。これを見て残りの藩士が一斉に浪人めがけて殺到した。その数、五人である。

浪人は、落ち着いた所作で刀を振るう。

一人目の籠手、二人目と三人目の首筋、四人目と五人目は、胴を峰で打ち据えた。

野次馬から歓声とため息が漏れる。

刹那《せつな》、野次馬の中に潜んでいた藩士が浪人の背後を襲った。

(汚い!)

平蔵は抜刀し、藩士と浪人の間に飛び込むや、藩士の刀を跳ね上げた。藩士は悪態をつくと、野次馬から罵声を浴びせられながら去って行った。

「危うい所をかたじけない」

浪人は平蔵に頭を下げた。

だが、平蔵には分かっていた。平蔵が飛び込んだ時には、浪人は藩士を迎え撃つ体勢が整っていたのだ。平蔵の助勢など必要なかったのだが、そんなことはおくびにも出さず、浪人は平蔵に礼を述べ、平蔵の剣の腕を褒《ほ》め上げた。

二人は、大田原神社門前の茶店に入り、お互いの素性を語り合った。

「拙者、陸州浪人千葉周作《ちばしゅうさく》と申す」

平蔵も身分を明かした。周作は陸前高田の出身で歳は平蔵より一つ上の二十三歳、松戸にある中西派一刀流浅利又七郎《あさりまたしちろう》の道場に入門する途次であるという。大田原藩士たちとは、茶店で剣術談義からいさかいが起こり、

「とんだ失態を演じ申した」

と、周作は頭を掻いた。二人はしばらく雑談を交わしてから、

「ところで、久松殿。先ほどの剣でござるが…」

周作は、平蔵が藩士相手に繰り出した剣に興味を示した。

これこそが久松家伝来の秘剣、「狐剣《きつねけん》おぼろ返し」である。

久松家の当主は代々、盛岡藩の寺社御町奉行の要職を勤めてきた。「狐剣おぼろ返し」は、捕り物の際に繰り出される十手術を剣に応用した技だ。

十手は、相手の剣を受け止め、相手からもぎ取る。おぼろ返しは、自分の剣で相手の剣を包み込むようにして跳ね上げる。

刀を下段に構え、相手の懐に飛び込んで刀を斬り上げ、刃が重なり合った瞬間、相手はおぼろに包まれたようにいつの間にか刀を手放す。刀身が触れ合う感触すら得ることなく、呆然としているうちに刀を失くしているという剣法だ。

対峙した相手が狐につままれたような気分で仕留められることから、「狐剣おぼろ返し」と名づけられた。

これを行うには、相手の太刀筋を正確に見極めること、手首を柔軟かつ迅速に返すことが要求される。久松家伝来とは言え、実際におぼろ返しを会得できた者は少ない。

「お話し申すわけには」

平蔵は言葉を濁した。周作は、ふん、ふんとうなずくと、

「ちと、拙者に使って下され」

と、平蔵の承諾を待たず、境内に取って返した。

すでに日がとっぷりと暮れ、満月が人影のない境内を蒼白く照らしている。

平蔵は、周作の笑顔と澄み切った満月に誘われるように抜刀した。下段に構える。この大男の剣客に通用するか、試したい誘惑を抑えることができない。

周作は正眼に構えていた。満月に照らされたその顔は、おぼろ返しに対する好奇に満ちた輝きを放っている。

「いざ!」

平蔵は周作の胸元に飛び込んだ。次いで、おぼろ返しを繰り出そうと刀を下段から斬り上げる。

しかし、おぼろに包み込むべき周作の刀はなかった。

平蔵の刀が空を切った。

次の瞬間、峰が返された周作の刀が平蔵の手首をやんわりと打った。

周作は先ほどの斬り合いを見て、おぼろ返しの太刀筋を見極めていたのだ。

平蔵は籠手を打たれた痛みより、おぼろ返しが破られたことの衝撃に呆然と立ち尽くした。

天下は広い。自分など及ばない剣客がいる。

「千葉殿、中西派一刀流を学ばれると申されましたな」

平蔵は刀を鞘《さや》に収めた。周作はうなずいた。

「また、会いましょうぞ」

二人は、いつの日か再会することを約し別れた。

江戸に来て、平蔵は中西派一刀流を学ぶことにした。周作との再会を期待したのだ。だが、周作とは再会できずにいる。周作は浅利道場を離れ、回国修行の旅に出たのだった。

「よし、藩を離れよう」

平蔵はつぶやいた。

若様からお役御免を言い渡され、不忠者の烙印《らくいん》を押され、さらにはおぼろ返しを罵《のの》られたことに対する屈辱ばかりではない。剣の道で渡世したい。千葉周作ともう一度、対決したい。

そして、勝つ。

平蔵には、はっきりとした目標ができたのだ。決心がつくと、とたんに平蔵は睡魔に襲われた。

わずかの後には、部屋中を平蔵の鼾《いびき》が覆っていた。

第一話　仇討ちに御用心――友引

一

月のきれいな夜である。

文政四年（一八二一年）の九月十五日。

十時《ととき》平蔵は、大川に映った満月に向かって勢いよく放尿した。深川中佐賀町《なかざかちょう》の河岸だ。満月にさざ波が立ち、にっこり微笑んだ。いや、微笑んだように見えた。それほどに気持ちのいい晩だった。

平蔵は船宿市松で暮れ六つ（午後六時）から酒を飲み、ほろ酔い機嫌で市松を出て夜風に吹かれている。

（千葉周作と手合わせしたのも、こんな満月の夜だった）

平蔵は、「狐剣おぼろ返し」が破られた瞬間を胸に蘇らせた。

五年前に盛岡藩を離れ、周作の行方を追ったが、未だに再会を果たしていない。

周作は中西派一刀流浅利又七郎の道場を出奔し、回国修行の旅に出たままだ。

平蔵は、周作との再会を願い、満月を見上げた。

すると、平蔵の耳に酔いを一気に醒《さ》ますような悲鳴が飛び込んできた。市松の二階からだ。平蔵が市松に戻ると、女将《おかみ》のお由《よし》が真っ青な顔で出迎えた。

「先生、大変」

お由は唇を震わせながら階段を指差した。

「どうした」

「浪人が……おこめを抱いて……二階に」

見たことのない浪人が平蔵と入れ違いに入って来て、金子を要求し、ないと断ると傍にいたお由の娘のおこめを抱き上げ、二階に上がったのだという。

「二階には？」

おこめと浪人者だけだとお由は答えた。二階から、おこめの泣き声が聞こえてくる。

「泣くな、怖くねえから」

浪人の声が聞こえた。奥州訛《なまり》が感じられる。

「おい、娘を放せ」

平蔵が怒鳴った。

「なら、銭さ持って来い」

浪人の返事が返ってきた。

「わかった。今、持って行く」

平蔵はお由に左目を瞑《つむ》って見せると、足音高らかに階段を上がって行く。

「待て、そこから放り投げろ」

浪人はおこめを抱いたまま階段に身を乗り出してきた。顔は手ぬぐいで頬被りして隠している。

「さあ、寄越せ」

浪人は左腕でおこめを抱いたまま、右手を伸ばした。

「受け取れ」

平蔵は財布を浪人の顔目がけて思い切り投げつけた。

浪人の左腕からおこめが投げ出された。おこめは悲鳴とともに宙に舞った。平蔵はおこめを胸で受け止めると階段を駆け上がり、刀の柄に手を掛けた。

「おのれ」

浪人は踵《きびす》を返し廊下から八畳の座敷を横切り、窓に駆け寄った。平蔵はおこめを廊下に下ろすと浪人を追う。

浪人が窓から飛び降りた。平蔵も飛んだ。

浪人は月明かりに照らされながら永代橋に向かって逃走して行く。

「待て!」

平蔵は叫んだが、古今東西「待て」と言って待った泥棒はいない。

ところが――。

浪人は油堀に架かる下之橋の袂で待っていた。それどころか、平蔵のほうに戻って来た。しかも、五人の仲間を引き連れて。

いや――。

どうやら仲間ではないらしい。それが証拠に浪人は平蔵に代わって、今度は五人の男たちから追われる羽目になっている。浪人は平蔵と鉢合わせた。平蔵は浪人を思わず抱きすくめた。

月明かりに浪人の顔が照らし出される。

「お前⁉　じゅ、順次郎!」

平蔵は叫んだ。

「へ、平蔵殿か。久松平蔵殿だな」

今度は順次郎が驚きの目を向けてきた。が、二人は再会を喜ぶ間もなく、五人の男に囲まれた。五人は襷《たすき》がけをした黒っぽい小袖に裁着《たっつ》け袴《ばかま》をはき、額には汗止めの鉢巻きを巻いている。

いずれかの大名家の藩士に違いない。

「黙ってその男を引き渡せ」

侍の一人が言った。

「何者だ?」

平蔵の問いかけに答える代わりに、侍たちは剣戟《けんげき》を加えてきた。平蔵は、右手から殺到した男の剣を受け流し、順次郎を背中に庇《かば》った。

「一緒に始末しろ」

平蔵に声を放った侍が言うと、今度は左右から次々と侍たちが平蔵目がけて襲いかかって来る。平蔵は正面の敵の首筋を峰打ちにし、右手の男の額を打った。二人は闇の中に昏倒《こんとう》した。次いで、なおも襲いかかって来る三人の男も峰打ちで仕留める。

「順次郎、怪我は?」

平蔵は順次郎を見た。

順次郎は小さく「大丈夫」とつぶやいた。

たしかに、どこも怪我はしていないようだが、額にはじんわりと汗を滲ませている。

「この者どもは?」

平蔵は月明かりに照らされ、黒い塊となっている五人の侍に視線を落とした。

「津軽《つがる》藩の奴らにござる」

順次郎が言った時、平蔵の背後から人の声と足音がした。

「いかん、ではこれにて」

順次郎は頭を下げ、駆け出そうとした。

「待て」

平蔵は懐から財布を取り出すと順次郎の懐にねじ込んだ。

「平蔵殿、これはいただくわけには……」

「銭が必要なのだろう」

「しかし……」

なおもぐずる順次郎に、

「おれのあだ名、〝せっこの平蔵〟を忘れたか」

平蔵は笑顔を向け、

「おれは、今川町の十時道場という町道場の道場主に納まっておる。今の名は十時平蔵よ。道場はこの裏手の稲荷の隣にある」

次いで早口に囁《ささや》くと、ようやく順次郎は「かたじけない」と、もう一度頭を下げ、闇に溶け込んだ。

「せっこ」とは、南部方言で「せっかい」、すなわちお節介を意味する。

平蔵も足早にその場から去ると市松に戻った。

「おこめは？」

平蔵はお由に声をかけ、覗き込んだ。おこめは安心したようにお由に抱かれ、眠っていた。

「先生こそ、お怪我は」

「ない。大丈夫だ。ただし、ないのは怪我ばかりか、金もだがな」

「おや。あの浪人に盗られたんで」

「まあ、そんなところだ。すまんが、今日の勘定は付けにしといてくれぬか」

平蔵はバツが悪そうに頭を掻いた。

「そんな。今日の御代はいりませんよ。それより、あたしのほうはいいですけど、春菜《はるな》さんが何とおっしゃるか、ねえ」

お由は首をすくめた。

「そうなんだよな。何と申すか……」

平蔵は女房への言いわけを考えると、悪酔いしそうだった。

おこめをさらった泥棒を退治し、さらにその泥棒を襲った不逞の輩《やから》を退治し、挙句に泥棒に財布をやった。

こんな妙ちくりんな話、はたして春菜が信じるだろうか。

二

深川今川町に中西派一刀流十時道場はある。

仙台堀に面した二百坪ほどの敷地は板塀が巡り、木戸門を潜《くぐ》ると右手が道場となっていた。間口三間、奥行き十間の瓦葺《かわらぶき》の平屋づくり。ちなみに通りに面した二面には板塀を巡らせていない。したがって、板壁の武者窓から稽古の様子を誰でも覗くことができた。

それどころか板塀には、「門人来たれ」の貼紙がべたべたと貼り付けてある。

「おう！」

「えい！」

三十畳の板敷きでは朝から門弟たちが汗を流している。面、籠手、胴といった防具を用いる稽古により、中西派一刀流は江戸きっての大流派となった。久松平蔵は盛岡藩の江戸勤番であった頃、深川佐賀町にある南部家町並屋敷の長屋に住んでいた。このため、屋敷近くの今川町にある十時道場に通うようになった。中西派一刀流免許皆伝十時新十郎の門弟となったのだ。

道場に通ううち、新十郎の娘春菜と親密な仲になった。初めは、春菜のほうが積極的だった。春菜は平蔵の男振りに惚れ込み、何やかんやと世話を焼いてきた。平蔵はひとり身の不自由さから、春菜の世話を受けて入れた。平蔵も深川育ちのはきはきとした物言いをする春菜に、今まで接してきた女にはない魅力を感ずるようになった。

二人の仲は深まり、久松平蔵は三年前に婿入りし、十時平蔵となった。さらに二年前、新十郎の他界とともに二代目道場主となったのである。

「先生、お内儀さまがお呼びです」

下男の半助が見所で稽古を見ている平蔵の傍らで片膝を立てて座った。

「今、稽古中である」

平蔵は正面を向いたまま返事をした。背中には新十郎直筆の「天照大神」と記された掛け軸が掛かり、神棚にお神酒《みき》が供えられている。

「あの、どうしても、と、お呼びなんですが」

半助は門人たちの気合に負けないように叫んだ。平蔵は顔をしかめると、

「よし、しばし、休息じゃ」

と、立ち上がった。

木戸門の左手に平蔵たちが住む母屋、半助たちが住む長屋がある。平蔵は母屋の玄関の式台で汗をぬぐい、紺地の胴着の襟元を正すと廊下を足早に進み、庭に面した居間の障子を開けた。

「お稽古中、お呼び立て致しまして申しわけございません」

春菜は両手を付いた。色白で面長、性格と同様のはっきりとした目鼻立ちである。歳は平蔵より四つ下の二十四歳だ。落ち着いた物言い、所作は、薄紫に薄《すすき》の穂を描いた小袖に身を包んだ姿と相まって、道場主の内儀としての風格をすでに漂わせていた。

「うむ。大事な用向きなのであろうな」

平蔵は威厳を保つように大きく咳払いをした。

八畳の座敷である。床の間の掛け軸には、やはり新十郎の手で、「心頭滅却すれば火も又涼し」と大書してある。その堂々たる悪筆は、見ているほうが気恥ずかし

くなるほどだ。

「昨夜は、随分とお帰りが遅かったようですね」

春菜の声は庭で奏でられている虫の声のように穏やかだった。ところが、この調子で切り出す時ほど、春菜の機嫌が悪いことを平蔵は知っている。

「うむ。そなたにも話しておいたと思うが、昨日は緑町の長山さまの御屋敷に出稽古に伺っておった」

緑町の長山さまのお屋敷とは、美濃恵那《みのえな》城城主長山能登守《のとのかみ》の下屋敷のことである。

「それは存じております。出稽古の後、どうされたのです」

春菜の声音はまだ鈴虫のようだ。

「その後、ええと、どうであったか、ああ、そうだ、一緒に月見でもいかがか、と御酒を振る舞われたのだ」

平蔵は春菜の小袖に描かれた薄の穂を見ながら言った。

「その後は?」

「その後、は、帰って来た」

平蔵は庭に目を向けた。狭いながらもよく手入れされた庭だ。季節ごとの草花や、樹木が品よく配置されている。今は野菊や桂の木がほんのりと色づいて、ほのかな甘い香りを漂わせていた。

「そうですか。それにしては、随分と時を要したようですこと」

春菜は皮肉っぽく口元を緩めた。

「ああ、あまりに満月が美しかったのでな、月を見ながらゆっくりと歩いてまいったのだ」

「実は昨晩、旦那さまのお帰りが遅うございましたので、半助を迎えに出したのです。長山さまのお屋敷から当道場まで、一刻もあれば十分と存じます。夜五つ（午後八時）には、半助はお屋敷に着いたと申しておりました」

そろそろ雲行きが怪しくなってきた。春菜は気持ちを抑えるように、時折、唾《つば》を飲み込みながら話している。

「長山さまの中間《ちゅうげん》から半助が聞いた話では、先生は小半刻ほど前にお帰りになった、とか。しかるに、昨夜は四つ（午後十時）を回るころにやっと、お戻りでした。これはいかなる子細かと」

春菜の声音は鈴虫から油蟬となった。やがて、蟬時雨《せみしぐれ》となるのは間違いない。

「すまん。つい、その、あまりに、月が美しいのでな。家に帰るのがもったいなくなって。そこの市松で一杯やっておったのじゃ」

平蔵は頭を下げた。

「初めから正直にお話し下されば、わたくしとて、このように旦那さまのご所業を根掘り葉掘りお訊きすることなどないのです」

春菜は気持ちを落ち着かせるように、大きく息を吸い込んだ。

「では、預からせていただきます」

「何を?」

「決まっておりましょう。昨日の出稽古の御指南料です。金五両、預からせていただきます」

平蔵は義父新十郎から引き継いだ、大名、旗本の出稽古に行っている。指南代は出向くごとに、大名で五両、旗本で三両が相場だった。これに、その時々により余分に手当が付いたり、土産をもらったり、酒の接待があったりする。春菜は指南代は道場運営の資金ということで、自分が預かると言っていたが、平蔵が受け取る手当や接待には目を瞑《つむ》っていた。

平蔵にとっては貴重な小づかいである。

「ああ、あれな、そうだよな。それがな、その、ちと、わけありでな」

とうとう来たか。分かりきったことではあったが、つい、言いそびれてしまったのだ。

実は、人助けを……と、平蔵はおこめがさらわれた騒動から浪人者を不逞《ふてい》の輩から助けたこと、さらにその浪人に財布ごと金を恵んだことをしどろもどろに語った。

春菜の顔は、不審から驚き、憤怒となり、最後には能面のようになった。

「すると、浪人者からおこめちゃんを助け、逃げる浪人者を追いかけ、今度はその浪人者を襲った連中から浪人者を助け、ついには財布まで差し上げた……と。いくら旦那さまが、お節介焼きと申されても、盗人に追い銭など、信じられませぬ」

春菜は捲《まく》くし立てた。

「それなら、わたしの着物を探ればよい。どこにも財布などないぞ」

平蔵は両手を広げた。

「財布がないことを威張ってどうするのです！」

春菜の声がついに蟬時雨となった。平蔵はうつむいた。

「いいですか、長山さまの御指南代、商人たちへの支払いに充てていたのですよ。そのことはあなたにもよく分かっているはず。そうですよね、旦那さま！」

「分かっているとも」

「ならば財布をやったなんてうそ、おつきにならないで下さい」

「うそではない」

「では、あなたが財布をあげたという浪人者、どこのどなたなのです」

春菜は平蔵を睨み据えた。

「それが、名前も所も訊かなかった」

平蔵がボソッと言うと、春菜は頬を膨らませ、ぷいと横を向いた。

たとえ拷問《ごうもん》されても順次郎の名を口にする気はない。

「どこの誰とも分からぬお人に財布ごと差し上げるなんて、お節介。そう、旦那さまのお国の言葉で、せっこ、でしたわよね。まこと、せっこの平蔵にもほどがあります」

春菜は、頬を膨らませたまま、「お稽古があるのでしょ」と、居間から出て行った。

三

「では本日の稽古は、これまで」

師範代の三田村郷助《みたむらごうすけ》が声を放った。

門人たちの挨拶を受けると平蔵は道場を辞した。

平蔵は井戸端で胴着をはだけると、手ぬぐいを井戸水に浸し、顔と首筋をぬぐった。夕闇が辺りを覆い、草むらに潜む虫が秋の夜長の始まりを告げるかのように蕭《しょう》蕭《しょう》とした音色を奏で始めた。

「先生」

半助が耳打ちした。

「何だ、また春菜か」

平蔵は胴着の襟を整えた。

「いえ、これを。木戸門で先生にお渡しするようにと」

先生も隅に置けぬと、半助は一通の書き付けを手渡した。平蔵は右の眉だけ上げながら、書き付けを受け取ると中身を一瞥《いちべつ》した。

「さあて、秋の夜は長いな」

平蔵はニタッと笑う。半助の肩を叩くと、寝間に向かった。

「お清、急ぐのですよ」

春菜は台所で茶と草団子の用意を急がせた。稽古を終えた門人たちに振る舞うのである。

十時家の台所は道場と母屋の間に建てられた茅葺《かやぶき》屋根の平屋である。十畳ほどの土間にはへっついが四つ、水瓶も四つ、六畳の板の間には食器棚が並んでいる。

底知れぬ門人の食欲を満たすには十分な設備とは言えないが、ひもじさを紛らわせるくらいの食材を用意することはできる。

大皿に山と盛られた草団子と鉄瓶にたっぷりと淹《い》れられた茶を持ち、春菜とお清は道場に入った。

武者窓から吹き込む秋風にいくらか緩和されたとはいえ、道場には門人たちの稽古の成果である汗のにおいがじんわりと残っている。春菜には、子供の頃から馴染んできた残り香だ。

「さあ、みなさんどうぞ」

春菜とお清がにこやかに入って行くと、

「お内儀、いつもすいません」

郷助が言った。

「どうぞ、どうぞ」

春菜はにこやかに道場を見渡した。二十人ほどの男たちが大皿の周りに車座となって、草団子に手を伸ばした。

「あら、旦那さまは」

春菜は郷助に訊いた。郷助は草団子を両手に持ち、「お着替えでは」と、明るく答えた。

「どうせ、あの人は団子よりお酒でしょうけど」

春菜が言うと、お清がお内儀さまと、庭に面した武者窓を指差した。

母屋の玄関から平蔵が出て行くところだった。髷《まげ》を整え、空色の小袖と袴、羽織という小ざっぱりとした身なりになっている。春菜の目に怒りの炎が立ち上った。

「親分」

春菜は、草団子をうまそうに頬張っている中肉中背の町人髷を結った男に耳打ちした。

「へい?」

男は顔を上げた。岡っ引きの銀次《ぎんじ》である。銀次は三好町で女房に縄暖簾をやらせていた。この時代、縄暖簾のことを通称、「矢大臣」と呼んでいたことから、銀次は「矢大臣の親分」と呼ばれている。十時道場では先代の頃から門人となっており、下っ引きを連れ、熱心に稽古に励んでいた。

春菜はほかの門人たちには気取《けど》られないように銀次の耳元で囁いた。銀次はへえと、小首を傾げた。

「うちの旦那の」

「あとを尾《つ》けて」

春菜が言うと、銀次は目を剝き、

「へえ？　勘弁して下さいよ」

大きく右手を左右に振った。

「あ、そう。親分、月々のお稽古代、随分溜まっているわよね」

春菜は銀次を睨みつけた。銀次は舌を出し、

「分かりやしたよ」

団子を茶で流し込むと、道場から出た。

平蔵は銀次に尾行されているなどとは露とも思わず、自宅を出ると永代寺の門前町に向かって歩いて行く。仙台堀から油堀、十五間川といった堀や川を渡り、秋のしとやかな夜風に吹かれながら鼻歌交じりで歩いていた。

（お内儀の焼餅もいい加減にしてもらいたいね）

銀次はあくびを噛み殺し、後を追う。が、そこは本職の岡っ引きである。決して手を抜いているわけではない。それが証拠に馴染みの店者《たなもの》や職人、行商人連中から声がかからないよう、手ぬぐいで頬被りしてうつむき加減に身を屈《かが》めていた。

一方、平蔵のほうはいたってのんきである。店じまいを急ぐ露天商に声をかけ、売れ残りの稲荷寿司を買ったりしている。やがて、永代寺の門前町に至った。家路を急ぐ者、これから一杯引っかけようという者、さらには岡場所に繰り出そうという人たちで賑わっている。

横丁に入って行くと茶屋の軒行灯に灯りが灯され、遣《や》り手婆《てばばあ》の声がかまびすしくなった。平蔵は適当にあしらいながら、ひときわ目を引く立派な門構えの料理屋に入る。深川では知られた高級料理屋百楽だ。総檜《そうひのき》造りの二階家だった。

四

平蔵は女中の案内で二階の座敷に入った。庭を見下ろせる窓辺に面した十畳間だった。すでに膳がしつらえてある。席も二つ用意されていたが、平蔵のほかには誰

もいない。とりあえず膳の前に座ると、

「だあ！」

背中の屏風が倒れ、初老の侍が躍りかかって来た。

侍は抜刀し、平蔵の背中を斬りつけた。

平蔵は振り向きもせず身体を横に動かし、刃をいなした。

次いで、たたらを踏んだ侍の籠手を扇子でぴしゃりと叩く。

「叔父上、相変わらず酔狂がすぎますぞ」

平蔵が苦笑すると、

「いやあ、おまえ、腕を上げたな。さすがは道場主だ」

平蔵の叔父は盛岡藩寺社御町奉行所大検視松川《まつかわ》源《げん》之丈《のじょう》という。

平蔵と源之丈は再会を祝し酒を酌《く》み交わした。しばらく、旧交を温めた後、

「して、火急の御用向きとは？」

平蔵は半助から渡された書き付けを取り出した。

「うむ。実はな、おまえ好みの一件が持ち上がった」

源之丈は盃を飲み干した。

「わたし好み？」

平蔵は酌をする。源之丈は酌を受けると、

「聖寿寺《せいじゅじ》で怪談話が起きたのじゃ」

と、切り出した。


源之丈が聖寿寺にかかわる奇妙な噂を耳にしたのは、九月八日のことだった。聖寿寺に狐の嫁入りがあったというのだ。それを、下役の者が聖寿寺の近辺に住む百姓たちから聞きつけてきた。

聖寿寺は盛岡城の北方にある。東禅寺、永福寺、報恩寺、教浄寺とともに盛岡五山と呼ばれ、藩主である南部家より手厚く保護されていた。中でも聖寿寺は、歴代藩主の墓が置かれ、寺領五百石を誇っている。

源之丈は、さっそく八日の昼下がりに聖寿寺を訪れた。

「松川殿、昨日に引き続きのお越しご苦労さまです。せっかくお出で下さいましたのに、あいにくと住職さまは病で臥《ふ》せっておられます」

若い僧侶が言った。僧侶は名を妙行《みょうこう》といい源之丈とも懇意にしている。源之丈は妙行の案内で庫裏《くり》の書院に通された。妙行が言うように源之丈は、昨日も聖寿寺を訪れている。聖寿寺をはじめ盛岡五山には職務柄日常的に訪れていた。

特に聖寿寺は歴代藩主の墓があることから、墓参を兼ね頻繁に訪問しており、妙行に限らず僧侶たちとは懇意の間柄だ。

枯山水《かれさんすい》の庭から長閑《のどか》な日差しが差し込んでくる。

「昨日はお元気でしたのに。お風邪ですかな」

源之丈は、今日の天気のような穏やかな顔を妙行に向けた。

妙行も口元に微笑みをたたえた。

「して、本日の御用向きは？」

「ちと、妙な噂を耳にしましてな。その、近在の百姓どもが騒いでおるのですが」

源之丈は出された茶を啜《すす》った。妙行は笑みを浮かべたまま聞いている。

「昨晩、この寺に狐の嫁入りがあったというのでござる」

「狐の嫁入り……はて？」

「いや、当惑されるのももっともじゃ」

源之丈は茶を飲み干すと噂話を話し始めた。

昨晩四つ（午後十時）過ぎ、聖寿寺の裏門に長持《ながも》ちを運び込む行列があった。行列は十人程度の男たちで、全員が黒装束に身を固め狐の面を付けていたらしい。

「暗闇の中で半月に照らされた狐面はぞっとするくらい怖かったとかで、見かけた百姓どもは肝を潰したそうじゃよ」

　源之丈は笑顔を浮かべた。

「ふ～ん、おかしな話ですね。そのような者ども、当寺には」

　妙行はやんわりと否定した。

「来なかったと」

　源之丈は念押しした。

「まいりませんでしたね。そんな物々しい参詣者ならいやでも気づくはずですが」

　妙行は肩をすくめた。

（どのみち、事件ということではないのだから、深く訊くこともないな）

　源之丈は、

「季節外れの妖怪騒ぎですかな。いや、お騒がせ致した」

　と笑い声を上げ、立ち上がった。

「何の。さりとて、大検視様も大変ですね。いちいち、くだらぬ噂話のためにご足労とは」

　妙行はくすりと笑った。

「神鼎院《しんていいん》さまにご挨拶させていただこうか」

神鼎院とは、昨年六月に逝去した南部藩の先代藩主利敬のことである。

源之丈と妙行は墓地の奥にある利敬の墓の前に立った。

鱗雲《うろこぐも》が広がった青空に野鳥のさえずりが聞こえる。

「おや、これは?」

利敬の墓の隣に地蔵尊が建っていた。

「何を驚いておられます」

妙行はすました顔を源之丈に向けた。

「この地蔵尊でござるよ。昨日まではなかった」

源之丈は心外だとばかりに妙行を睨んだ。

「いいえ、利敬さまのお墓ができてからずっとございましたよ」

妙行は利敬の墓に向かって両手を合わせた。

源之丈はなおも問いただそうとしたが、利敬の墓の前で騒ぎ立てすることの不敬を思い、黙って両手を合わせた。すると、

「お奉行所から届きました」

小坊主が源之丈に書状を持って来た。

本日、ただちに江戸へ出立せよ。江戸に着いたら藩邸で江戸家老渡瀬喜三郎の指

図を受けよという内容だった。

何事であろうか。事情を問い合わせる猶予もないようだ。

「お邪魔した。ご住職にお身体お大事にとお伝えくだされ」

源之丈は広大な境内を歩きながら、狐の嫁入り行列と、一夜にして建った地蔵尊について考えを巡らせた。果たして、二つの出来事には繋がりがあるのか。それと、妙行は何ゆえどちらの出来事とも否定するのか。

二つの出来事とも事件ではない。だが、気になる。

――忽然《こつぜん》と消えた狐面の行列。

――一夜にして建てられた地蔵尊。

そして、二つの出来事を否定する妙行。

(そうだ、平蔵なら。平蔵なら、この謎解きができるかもしれん)

かつて平蔵は寺社御町奉行所の与力を勤めていた。当時、幽霊騒ぎ、人魂騒ぎ、神隠しといった、奉行所がまともに取り上げないような事件に好んで首を突っ込み、解決に導いていた。

源之丈は聖寿寺の巨大な山門を出ると、江戸の方角を仰ぎ見てつぶやいた。

「そうじゃ。江戸に出たら平蔵を訪ねよう」

五

「なるほど奇妙な話ですな。何か根深き裏があるような」

源之丈は語り終えると、ほっと息を吐き、平蔵を見据えた。平蔵は思案を巡らすように盃を弄《もてあそ》んでいる。

「で、叔父上は聖寿寺の謎解きをわたしにしてほしくて、わざわざ、わたしのことを呼び立てられたのですか」

「そうじゃ、それもあるが、実は本題はこれからだ。明後日、藩邸に来てくれ」

「藩邸ですと。わたしは藩を離れた身ですよ」

「承知しておる。どうしても来てほしいのじゃ。上屋敷にな」

源之丈はそれ以上は語らず、あとはひたすら飲み食いで終始した。

平蔵は源之丈と別れ、家路についた。

百楽で用意してもらった手丸提灯を片手に夜道を急ぐ。夜空に浮かぶ月にはおぼろがかかっている。

聖寿寺の一件も気になるが、それ以上に藩邸に呼ばれたことが気になる。何せ、今年藩主となった吉次郎こと利用《としもち》には、「不忠者」呼ばわりされ、「顔も見たくない」と嫌われに嫌われたのだ。

油堀に架かる富岡橋を渡ると深川寺町の参道である。右手には、仙台堀に至るまでずらりと寺が並んでいる。左手には町家が続いていた。平蔵は提灯を吹き消すと、道々に立つ誰それ行灯の灯りと、おぼろ月を頼りに歩くことにした。

町家の雨戸も寺の山門も閉じられ、森閑とした闇に、寺の境内から鈴虫や松虫の音色が聞こえる。犬の遠吠えと火の用心の夜回りの声が風に運ばれてきた。

平蔵は酒で火照《ほて》った頬を夜風で醒《さ》ましながらゆっくりと歩く。

と、山門の影から、

「待て」

黒装束の男が五人現れた。

（こやつら、先達ての……）

順次郎こと小野順次郎を襲った連中である。順次郎は平蔵が盛岡藩で寺社御奉行所の与力を勤めていた時、同心の職にあった。五人は平蔵の腕を知ったせいか、刀を鞘に納めたままで襲って来ない。

「何だ、何の用だ」

平蔵は立ち止まった。誰それ行灯の淡い灯りでは、黒装束に身を包んだ彼らの表情までは窺うことができない。

「おんしら、津軽藩の者だな」

平蔵が訊くと、

「いかにも」

意外にも真ん中の男が素直に認めた。

「小野を捜しておる」

「おれも捜している」

「ふん、素直に引き渡すか、居場所を教えるかせよ。それ相応の礼はする」

男は静かに言った。

「知らんものは引き渡しも、居場所を教えることもできんな。まあ、たとえ知っておっても、おんしらに教える義理もないがな」

平蔵は落ち着いた口調で返した。

「素性を明かした以上、引き下がれぬ」

男は重苦しい口調になった。

「それは、そっちの勝手だ。で、どうする。相手になるが、今度は峰打ちではすまんぞ」

平蔵は腰を落とした。

「やむをえん」

男が言うと、右端の男が短筒《たんづつ》を取り出した。

が、それは平蔵も予想していた。男と話をしている時から、火薬のにおいが辺りに漂っていたのだ。

平蔵は素早く、かつ落ち着いて、誰それ行灯の灯りの届かない闇に身を沈めた。

短筒の轟音が響きわたる。

鉄砲玉は天水桶を直撃した。

水が参道に溢れる。

男たちは算を乱し、刀を抜き放つ音がした。

そこへ平蔵が斬り込む。

平蔵の眼にちらりとおぼろ月が映った。

(狐剣おぼろ返し!)

平蔵の剣は下段から斬り上げられ、敵が繰り出す刃をおぼろに包み込んだと思うと、次の瞬間には夜空高く跳ね上げた。

次の瞬間、平蔵の刃が返され、敵の手を斬る。

敵は狐につままれたような面持ちで刀を失っていた。

しかし、それもほんの一瞬のことで、すぐに悲鳴とともに参道にのたくった。夜空に悲鳴と犬の遠吠えが吸い込まれる。

短筒がまたも発射された。が、滅茶苦茶に撃っているだけだ。

平蔵は、残る四人は峰打ちにするに留めた。

相手がひるめば、それでよいのだ。無用な血を流すことはない。

ただし、参道に昏倒した五人の覆面を剝ぎ取った。これで顔が知れる。正体がばれれば、再び襲って来ることはないだろう。そうしておいて、平蔵は参道を仙台堀に向かって急いだ。

途中、火の回り番とすれ違った。火の番は、「何か一大事でも?」と訊いてきた。

「さて、追い剝ぎでも出たんじゃないか」

「旦那はご無事で」

「ああ、おれはすかんぴんだからな。大方、羽振りのよさそうな連中が襲われたんだろうよ」

平蔵は鼻歌を歌いながら去って行った。

翌朝、稽古にやって来た銀次を目ざとく見つけると、春菜は台所に連れ込んだ。

「どうでした？」

春菜は銀次の顔を覗き込んだ。

「ええ、別にどうってことなかったですよ」

銀次は薄ら笑いを浮かべた。

「だから、どこで誰と会ってたんです、うちの人は？」

春菜は眉を吊り上げた。

「百楽ですよ」

「まあ、随分と立派な料理屋だこと。どうりで、こざっぱりとした格好をして出かけたはずだわ。で、百楽で誰と？」

「さあ、そこまでは。用もないのに中に入るわけにいきやせんからね」

銀次は頭を搔いた。

「そこを調べるのが親分の力量じゃないのさ」

春菜は口を尖《とが》らせた。

「ですがね、こっちの御用だってわけにはいきやせんからね」

銀次は羽織を広げ、腰の十手を覗かせた。

「そりゃまあ、そうだけど。ま、いいわ」

春菜は言うと、台所から出て行った。

「まずいな、先生も火遊びしちゃ」

昨夜、銀次は仲居に小粒銀を握らせ、平蔵の部屋の様子を探った。すると仲居は、何人も部屋に入れるなと言われた、と秘密めかして語った。そいつを聞いた銀次は、てっきり平蔵は春菜以外の女との逢瀬《おうせ》を楽しんでいると勘違いしたのだ。もちろん、春菜に話せば大変なことになる。そうなる前に、

「釘を刺しておかねえとな」

銀次は平蔵にどう切り出したものかと顎《あご》をなでた。

六

春菜は木戸門を出ると隣接するお稲荷にお神酒を供えに行った。春菜の毎朝の習慣である。何の変哲もない、こじんまりとした祠と鳥居があるだけの稲荷だ。こうした稲荷は江戸のどこでも見受けられた。「江戸名物、伊勢屋、稲荷に犬の糞」と

いわれるくらいである。

春菜もとりわけ信心しようというのではなく、一日の始めに道場の神棚とお稲荷にお神酒を供え、両手を合わせる習慣である。

春菜は稲荷から出ると大きく伸びをした。爽やかな秋風を胸いっぱい吸い込み、空を見上げる。

青空一面にうろこ雲が広がり、燕が泳いでいく。仙台堀には荷船が行き交い、船頭たちの賑やかな笑い声や舟歌が満ちていた。河岸に舫《もや》った船では、上半身裸の男たちが向こう鉢巻きを締めた額に汗を滲ませながら、荷と格闘している。

（わたしもがんばらなくては）

春菜は父から受け継いだ道場を江戸一とまでは無理としても、深川一の門弟数を誇る道場にしたいと夢を描いている。十時道場の門弟は現在四十人に満たなかった。まずは百人にしたい。そのためには、

「入門者、入門者、出稽古先、出稽古先」

と、胸を叩き気合を入れた。すると、春菜の気合が通じたのか、通りから道場の武者窓に取り付き、稽古の様子を覗いている男がいた。髪には白髪が交じり、紋付きの羽織、袴といった、どこかの大名の家臣といった風である。

「あの、もし」

　春菜は満面を笑みにした。

「ああ、わしかな」

　初老の武士も笑みを返した。

「よろしかったら、中で御覧になりませんか」

　春菜は首を横に傾げた。

「いや、それには及ばん。こちらは中西派一刀流十時道場ですな」

「はい。その通りです」

「道場主は十時平蔵殿、ですな」

「はい。あのう、平蔵の家内でございます。主人をご存知ですの」

　春菜は武者窓から道場を見やった。平蔵は見所にどっかと端座し、あくびをしていた。春菜は顔をわずかにしかめた。

「ほう、では御免」

　武士は大川の方へすたすたと歩き出した。

「あの、もし、どちらさまで？」

　春菜は背中に声をかけたが、返事はなかった。

夕暮れになり稽古が終わると、

「ちょっと、行ってくる」

平蔵は台所でへっついの掃除をしていた春菜に声をかけた。

おや、どちらへと訊かれる前に先手を打ち、

「銀の字の店だ。一杯やって来る」

平蔵は銀次と肩を並べ木戸門を出た。

銀次の店は、深川三好町の亥之堀に架かる富島橋の袂にある縄暖簾だ。店の名は、一富士といい、銀次の妻お藤《ふじ》と妹お勝《かつ》が切り盛りしている。下っ引きの豆六《まめろく》、伝助《でんすけ》も時折、店を手伝い駄賃を貰っていた。

軒行灯にぼんやりとした灯りが灯り、そろそろ客が集まり出す頃だ。

「けえったぜ」

銀次が暖簾を潜ると、

「おかえんなさい！」

と、お藤の威勢のいい声がした。

「おや、先生。いつも、うちのが」

お藤は、お世話になってます、という感謝の言葉の代わりに、頭をぺこりと下げた。

「さあ、先生」

銀次は入れ込みの座敷に平蔵を導いた。八間行灯に照らされた店内には、二十畳ぐらいの座敷があるほかに、横長床几《しょうぎ》が置かれ、三十人くらいの客が飲み食いできるようになっている。さらに、二階には座敷が三つあり、襖を取り払うと三十畳敷きの座敷となるため、宴会や寄席にしばしば利用されていた。

「先生、どうぞ」

豆六がちろりに燗酒を入れて持って来た。

「今日は、秋刀魚《さんま》がおいしいですよ」

お勝が言った。結局、秋刀魚の塩焼きと冷や奴、味噌田楽、茄子の漬物が並んだ。

「何だ、話って」

「実はね、先生」

実は百楽での逢瀬について釘を刺そうと、銀次が平蔵を誘ったのである。

飲み食いがひと段落ついたところで銀次が切り出そうとした時、

「親分、先生、知ってますか」

豆六が燗酒のお代わりを持って来た。

「何だ」

即座に銀次が訊いた。

「仇捜しですよ」

豆六が言ったものだから、会話はそっちへ流れて行った。

七

「仇討ちって？」

銀次が訊くと、

「まあ、飲みながら聞こうか」

平蔵が豆六を脇に座らせた。

「何でも、陸奥《むつ》から来た侍らしいんですがね。兄の仇を捜してるんだそうで」

豆六は猪口で平蔵の酌を受けながら切り出した。平蔵と銀次は先を促す。

「仇は、深川に住んでいて、しかも、深川の町道場の門人らしく、それで、深川中の町道場を捜し回っているそうですよ。ひょっとして、先生の道場にその仇がいるんじゃねえか、と心配になりやして」

豆六は言った。

「先生の道場に、陸奥出の浪人者なんていましたかね」

銀次は秋刀魚の身をほぐしながら平蔵を見た。

「いるよ。忘れたか」

平蔵は銀次に顔を突き出した。

「あ、そうか、こいつはいけねえや。先生は、南部様の御家中でいらっしゃいやしたね」

銀次が言うと、

「いかにも。盛岡藩南部家の出じゃ」

平蔵は猪口をあおった。

「まさか先生が仇、なんてことはないですよね」

豆六は口をあんぐりとさせた。

「そんなことはねえよ。先生に限って人に仇することなんて、しなさるはずがねえ」

銀次は言葉を引き取った。平蔵は、

「分からんぞ。人には他人に明かせない、秘め事の一つや二つあるものだ」

と、真顔で言ってから、

「な〜んてな、ははは」

と、肩を揺すった。つられるように銀次と豆六も愉快げに笑った。

(他人に明かせない、秘め事の一つや二つか。その一つが昨晩の浮気か)

銀次は切り出せないまま、浮気の一件をひとまず放っておくことにした。


ところが、翌日の朝のことである。

銀次が十時道場の木戸門を潜ろうとした。すると稲荷の鳥居の陰から、

「親分、ちょいと」

春菜が銀次の袖を引っ張った。

春菜はいつになく顔を曇らせている。平蔵の浮気調べなら断ろうと思っていた銀次であったが、さすがに話を聞かないわけにはいかない様子だ。

「あの、明後日には、稽古代納めやす」

銀次は明るい顔をした。

「それは、いいんだけど。うちの人、どうやら……」

春菜はしゃがみ込んだ。銀次は春菜のしおれように、うろたえながらも、

「こら、あっしが悪かった。お内儀に内緒にしてて。話しときゃよかったですね。だけど、そんなに苦しんでいなさるとは知らなかったもんで、勘弁して下せえ」

と、背中を優しくなでた。春菜は立ち上がって銀次を見上げた。

「じゃあ親分、知ってたの」

「ええ、まあ。その、一昨日、あっしゃ、百楽でね、先生が余所《よそ》の女と逢瀬してるのつかんでおりやした」

銀次は申しわけなさそうに自分の早合点を語った。

「責任の一端は、放りっぱなしにしたあっしにもある。あっしがひと肌脱ぎます。任せておくんなせえ。必ず、先生にその女との縁を切らせてみせやすから」

だが、春菜の曇った顔は晴れやかになるどころか、紅潮していった。

「あの人が浮気ですって。しかも、親分は知っていながら、わたしに黙ってたですって」

春菜の形相に、

「ええっ!? その話じゃ、ねえんで」

銀次はしくじったと顔を伏せた。額から脂汗《あぶらあせ》が滲む。

「稽古代はきっちり明日納めてもらいますからね。一銭たりとも足りなかったら、御番所に訴え出ますから」

春菜は早口に言った。銀次は頭を下げたまま聞いていたが、

「今さらでもねえんですが、お内儀が心配なすってる先生の一件ってのは？」

と、矢玉が飛び交う戦場にでもいるように用心しながら顔を上げた。

「ああ、そうだったわね」

急に元気をなくすと春菜は、

「うちの人、仇討ちの仇らしいのよ」

と、漏らした。

「ええっ、何ですって！」

今度は銀次が驚いた。

「実はね、昨日稽古に来た豆六さんと伝助さんから聞いたんだけど」

春菜は昨夜、一富士で豆六が銀次たちに話した、陸奥出の侍が仇を求めて深川中の町道場を捜している、という話をした。豆六は、前もって春菜に話していたらしい。

「それですかい。それなら心配ねえや。実はね」

銀次は一富士でのやり取りを話した。

「じゃあ、余計心配じゃないの」

春菜の眉間に皺《しわ》が刻まれた。

「うちの人ったら、誰にだって秘め事の一つ、二つあるって言ったのよね。なら、討手に狙われていることと、浮気をしてることの、二つの秘め事を持ってるじゃないの」

春菜は銀次に詰め寄った。

「そりゃ理屈はそうですが、先生に限って。ねえ、そうでしょ。あの先生が仇になるような負い目を持っているなんて考えられませんや」

「そりゃ、わたしだってそう思いたいわ。でもね」

春菜は一昨日、道端から道場を覗き見ていた初老の侍のことを話した。

「ね、歳格好といい……そう言えば、奥州訛があったわよ」

春菜は顔を伏せた。

「こいつは、ひょっとして」

銀次もつい本音をぽろりと出してしまった。

「ね、くさいでしょ。わたし、昨晩は寝られなかったわ。親分、何とかしておくれよ」

「何とかったって」

「ねえ、後生だから。何とかしてくれたら稽古代はいらないわ」

平蔵が浪人したのは五年前だ。

平蔵の実家である久松家は、家禄二百石の中老の家格を持つ家である。久松家歴代の当主は、慶長年間に南部利直《としなお》が幕府から大名として公認されて以来、藩政の中枢を担ってきた。平蔵の父源太郎も三年前に他界するまで、寺社御町奉行の要職を勤めあげた。兄源一郎は、現在目付を勤めている。やがては、寺社御町奉行に登用されることは既定の事実だった。

平蔵自身は十五歳で寺社御町奉行所の見習い与力となり、二十歳で見習いが取れた。二十二歳の時、江戸勤番となった。江戸に出たのを幸い、平蔵は千葉周作との再会を期待し、中西派一刀流十時新十郎の門弟となった。

元々、平蔵の剣の腕は盛岡城下でも評判であった。それが中西道場四天王とうたわれた新十郎に師事したことで、平蔵の腕はさらに磨きがかかった。新十郎は平蔵の剣の素質に惚れ、春菜は平蔵の男振りに惚れた。

江戸勤番となって一年が過ぎ、平蔵を不幸が襲った。

平蔵は南部家の世継ぎである利用の剣術指南役を任された。ところが、指南中に利用に怪我を負わせてしまったのである。利用は元来、身体が弱く、剣術の稽古が大嫌いだった。そのうえ、利用は厳しく稽古をつける平蔵を嫌った。平蔵はこれを潮に、堅苦しい宮仕えは性に合わないと、浪人したのである。

浪人した子細を話すと、新十郎は師範代として平蔵を十時道場に迎えてくれた。居候するうちに、平蔵は自然と春菜と祝言を交わした。そして、免許皆伝となり新十郎の死により道場主に納まったのだった。

八

平蔵が道場を出て行くと、銀次は春菜を連れ、平蔵を尾《つ》けた。

何とかしとくれと、春菜に言われたものの、どうすればいいか、浮気か仇討ちのどっちから解決すればいいか、銀次は稽古の間中、思案し続けていた。おかげで稽古に身が入らず、

「どうした、親分。二日酔いか」

平蔵から、からかわれる始末だった。

（二日酔いだと、この道楽もんが。あんたのせいで……）

銀次は恨めしげに平蔵を見た。平蔵は見所に座してあくびをしたり、鼻をほじったり、鼻毛を抜いたりと、普段通りの様子で稽古を見ている。時折、「やるか」と、郷助を相手に汗を流す。

竹刀を持つと、さすがに平蔵は別人である。鋭い気合、足の運び、竹刀の軌道、すべてに隙がない。平蔵が竹刀を振るうと、道場内にはぴんとした緊張が走る。誰もが稽古の手を休め、つい見とれてしまうほどだ。

昼九つ（午後零時）になった頃。

平蔵は郷助に稽古をまかせると、素早く着替え、「ちょっと出てくる」と言って、春菜の返事も待たずに、木戸門を飛び出した。

春菜は無言で見送ると銀次を捕まえ、「親分、どうしよう」と、駆け寄った。

「一緒に行きやしょう」

銀次と春菜はこうして平蔵を尾行することにしたのだ。

銀次は稽古の間中、平蔵の浮気と仇討ちを両天秤にかけてみていた。

まず、当面の問題として仇討ちに介入するとしたら、平蔵の助っ人を買って出る、ということになる。が、平蔵の腕を考えれば、自分の助太刀など必要ない。相手は平蔵を闇討ちにすることはないだろう。それでは、仇討ちにならないからだ。

正々堂々とした勝負を挑むはずである。

「それなら、心配いりませんや」

道々、銀次は春菜に言った。

「それは、そうだけど。相手が大勢の助太刀を頼んだらどうするのよ」

なおも春菜は心配げである。

「そんときは、あっしが加勢しますぜ」

「それはありがたいけど、そうなったら三田村さんにも頼んでおくれね」

春菜は歩き始めた。

さて、厄介《やっかい》なのは浮気のほうである。

平蔵は一昨日とは違う道を歩いて行く。両国橋を渡り、霊岸島新堀に沿ってお城に向かっている。

(今日の逢瀬の場所は何処なのだろう?)

いずれにしても、逢瀬の現場に春菜を連れて行けば、修羅場が繰り広げられるかもしれない。いや、かもしれないではなく、春菜の気性からして絶対そうなるだろう。

「それはまずいか。でも、いっそ、そのほうがいいかもな」

修羅場が繰り広げられようと、どのような結果が待っていようと、一応の落着を見ることができるのである。

「何ぶつぶつ言ってるのよ」

春菜は苛立《いらだ》たしげに言った。

そうこうしているうちに、平蔵は武家屋敷に入って行った。

「南部さまのお屋敷ですよ」

銀次は盛岡藩上屋敷の巨大な門を見上げた。

春菜はしばらく呆然と立ちつくしていたが、

「どういうことだろう、親分」

と、すがるような眼差《まなざ》しを銀次に向けた。

「まさか、御帰参の話じゃ」

銀次は言った。

「そんな、あの人、盛岡に帰っちゃうの？」

春菜は銀次の袖を引っ張った。

「江戸定府かもしれませんぜ」

銀次は慰めるように言った。

「どっちにしても、うちから出て行っちゃうわ」

春菜は顔を両手で覆った。

九

昼八つ(午後二時)。

平蔵は銀次と春菜に尾けられているとは、よもや思いもせず、源之丈の要請どおり、御幸橋御門内にある盛岡藩の上屋敷にやって来た。

周囲には薩摩藩島津家、下野《しもつけ》吹上藩有馬家、河内《かわち》狭山藩北條家、肥前唐津《からつ》藩小笠原家の上屋敷が競うように立ち並んでいる。その中にあっても、盛岡藩上屋敷は、国持ち大名の威風を示す破風のある屋根番所を持つ堂々たる門構えを備え、ひときわ威容を誇っていた。

門番に名乗り、源之丈を訪ねる旨を伝えると、すんなり邸内に入れられた。

すぐに源之丈がやって来て、表長屋にある宿泊先に連れて行かれた。

「あいにくと一人暮らしゆえ、大した持てなしはできんが、茶ぐらい進ぜよう」

源之丈は茶を平蔵の前に置いた。平蔵は一礼すると、茶を一口啜った。

「して、お話とは」

源之丈が居ずまいを正した。

「実はのう、利用さまに剣術の御指南を願いたい」

「なんと？」

平蔵は耳を疑うような眼《まなこ》で源之丈を見返した。利用は今年、先代利敬の死により盛岡藩十一代藩主になっていた。

「利用さまは、わたくしの剣術指南を、いや、わたくしという男を大層嫌われておられたはず。それを、今になってなぜ？」

「わしも、そのことが気になってのう。江戸の御家老に確かめたのじゃ」

「渡瀬さまはなんと」

「取り立てて何もおっしゃらなかった。ただ、殿にあらせられては、久方振りに平蔵の剣術指南を受けたい、と仰せになった、とのことじゃ」

「南部家を御役御免になった者が御当主さまに剣術指南など、できようはずがござらん。そのようなこと、国元のお歴々方のお耳に入ったら、ただではすみませんぞ」

平蔵は顔をしかめた。

「ところが、国元でもそれはよいと大いに賛同されての」

平蔵はさかんに首を捻った。

「妙といえば、聖寿寺の一件よりも、よほどこっちの話のほうが妙ですな」

「殿は食べ物のお好みも変わられたようだ。以前は、甘いあんこの入った餅が好物であられたのに、今は御手洗《みたらし》の団子をご所望とか」

「ふ〜ん。ま、以前、拙者が剣術御指南を致した頃は、まだ十《とお》でいらっしゃいましたからな。十五歳になられて、食べ物のお好みが変わられても不思議はござらぬが」

平蔵は茶を飲み干した。

「近日中に、殿は公方《くぼう》様の御拝謁を賜る」

利用は家督を継いだものの、まだ将軍家斉《いえなり》に謁見していない。大名は代替わりしたら、将軍に謁見してはじめて正式な藩主と認められるのだ。

「ところで、叔父上。先日、小野順次郎に会いましたぞ」

平蔵は去る十五日の晩の一件を語った。昨晩のことは黙っていた。源之丈の顔が曇った。

「南部御家中は、秀之進《ひでのしん》殿御一党に手を差し伸べられないのですか」

秀之進とは下斗米《しもとまい》秀之進、通称相馬大作《そうまだいさく》のことである。

この年の四月、相馬大作事件という騒動が起きていた。

参勤交代で国元に帰る津軽藩主寧親《やすちか》の大名行列を、相馬大作こと下斗米秀之進らが襲撃しようと企てたのである。襲撃自体は内通者が現れ、未遂に終わった。

秀之進が津軽寧親を襲撃しようとした理由は、南部家と津軽家の確執にある。元々、南部家にとって津軽家は家臣筋の家柄だった。

江戸城中の席次も常に南部家の当主が上位を占めてきた。ところが、今年当主となったばかりの利用は、十五歳の少年であることと、将軍の謁見を受けていないことから、無位無官であった。

一方、津軽寧親は蝦夷地警護に任ぜられ、従四位下の位階を授けられていた。利用の上位に席次することになる。これに、反発する声が南部家中からわきあがった。こうした不満が渦巻く中、秀之進は脱藩して相馬大作と名乗り、寧親の大名行列に駆け込み、隠居を迫る書状を手渡そうとしたのである。

世論は秀之進たちに味方した。

たかだか数名の襲撃者を恐れ、大名たる者がいつもの参勤の道順を避けて通ったことを嘲《あざけ》る声も上がった。津軽藩は面目丸潰れとなり、秀之進一党を捕らえようとやっきになっている。

風の噂で、小野順次郎が秀之進一党に加わったと聞き、平蔵もその後の行方を気にかけていたのだ。

「そのこと、度々御家中でも話題になっておる。が、なぜかお歴々方はお取り上げにならない。脱藩した者が起こした騒ぎにかかわることを避けておられるようじゃ」

源之丈は舌打ちした。

「しかしながら、秀之進殿は御家のために、御家の面目を保とうと、あのような挙に出られたのですぞ」

平蔵は憤慨したが、源之丈に怒りをぶつけてもどうにもならない。

「今は、利用さまの公方様への御拝謁のことで、お歴々方も頭がいっぱいなのであろう」

源之丈は言いわけでもするようにうつむき加減に言うと、気を取り直したように、

「では明日、朝五つ（午前八時）に下屋敷にまいれ。きっとぞ。それから、念のた

め申しておくが、お前は盛岡藩をお役御免になった久松平蔵ではない。中西派一刀流十時道場の道場主としてまいるのだ。よいな」

源之丈に言われ、平蔵は頭を下げた。それは、暗に秀之進の話はするなと言っているようだった。

「これは、殿よりの礼金だ。先に渡しておく」

源之丈は切り餅を一つ畳の上に置いた。

「こんなには……」

いりませんと、相場は五両だと説明した。切り餅一つは二十五両包みである。

「まあ、よいではないか。殿も久し振りにその方に会うのだ。気をつかっておられるのだろう。ありがたく頂戴致せ」

源之丈は切り餅を平蔵の小袖の袖口にねじ込んだ。

平蔵は帰りの道々考えた。

一体、どういうことだろう。自分に対する利用の嫌いようは尋常ではなかった。それが、どうした風の吹き回しだ。剣術指南なら自分より相応《ふさわ》しい人間がいるはずだ。藩内にいなければ江戸には名のある道場主はいくらでもいる。

まさか、自分を誘い出しておいて討ち取る気では。

いや、そんなことはないだろう。自分を討ち取ったところで何の益もない。ましてや、藩は相馬大作の一件に揺れている。あえて公儀に目をつけられるような無用な殺生沙汰を起こすことは考えられない。

平蔵は大きく息を吐いた。

それと聖寿寺の一件、あの謎解きもせねば。

「戻ったぞ」

平蔵が戻ると、すでに道場の灯りは消えていた。日が暮れ、母屋から行灯の灯りが漏れてくる。

平蔵は母屋の式台に腰をかけた。

「お帰りなさいませ」

春菜がたらいに水を汲んで来て平蔵の足を洗った。

「お食事は？」

「そうだな、その前に話がある」

平蔵は腰の刀を春菜に渡すと居間に入って行った。春菜も続き、平蔵の前に座った。行灯に浮かぶ春菜の顔は元気がない。

「御帰参、かないましたのですか」

春菜はおずおずと切り出した。

「何だ、いきなり」

平蔵は怪訝な表情を浮かべた。

「今日、南部さまのお屋敷に行かれたのでしょ」

「なぜ、知っておるのだ」

平蔵はきょとんとした顔になった。

春菜は、銀次に平蔵を尾行させてから今日までの出来事を白状した。

「そんなことがあったのか」

平蔵は、腹を抱えて笑い転げた。今度は春菜がきょとんとした。

「わしが百楽で会っておったのは、叔父の松川源之丈殿だ。今日、南部藩邸で会っていたのも叔父上。ついでに申すと、おまえが道場の前で見かけたのも、恐らく叔父上だ」

春菜はしばらく口をつぐんで平蔵の顔を見つめ続けた。やがて、本当ですかと囁くと、平蔵はにっこりうなずく。

春菜は顔を綻《ほころ》ばせ、

「そうでしたか、ああ、よかった」

胸をなで下ろした。

結局、平蔵は浮気もしていなかったし、仇でもなかった。

（まったく人騒がせな、銀次め）

安心すると、自分の焼き餅から端を発した騒動にもかかわらず、春菜は銀次に八つ当たりした。

「明日、南部さまの藩邸に出稽古にお伺いすることになった」

平蔵は切り餅を春菜の前に置き、藩主利用の剣術指南を任されたことを話した。

「これで、この前の五両は勘弁してくれ」

春菜は両手を打ってうなずいた。ようやく顔に満面の笑みが広がった。

十

翌朝、平蔵は麻布一本松にある南部家の下屋敷を訪問した。五年ぶりの訪問である。平蔵の脳裏には、嫌でも主家を去ることになった吉次郎への剣術指南の日が浮かんでくる。

藩邸に入る前に周囲を見回した。

藩邸の前には、天真寺、盛岡藩の支藩である八戸南部家の下屋敷、交代寄合松平主水《もんど》の屋敷が立ち並んでいる。その先、南部坂と称される下り坂には、小姓組番頭酒井内蔵助、交代寄合平野兵庫助の屋敷が軒を連ねていた。

藩邸の築地塀は、それら寺や屋敷の前にうねっている。それほどに、広大な屋敷だった。

平蔵は、優しい秋の日差しにきらきらと輝きを放つ屋敷の瓦を眩しげに眺め回し、大きく息を吸い込むと門番に用件を告げた。

平蔵は邸内に設けられた道場に案内された。平蔵の道場よりひと回り大きな造りである。そこに胴着に着替えた少年が待っていた。傍らに小姓らしき少年が二人と、江戸家老渡瀬喜三郎が控えている。五年前と同じ情景だ。

平蔵は源之丈に伴われ、利用の前に平伏した。

「殿、久松、いや、中西派一刀流免許皆伝、十時平蔵でございます」

喜三郎は平蔵を紹介した。

「苦しゅうない、面を上げよ」

利用がかん高い声で命じた。平蔵は源之丈に促され、ゆっくり顔を上げた。

「十時平蔵にございます。お召しにより参上仕りました。殿におかせられましては、過分の思し召しを賜り、まことにありがとうございます」

五年ぶりの再会である。成長期の五年という期間は長い。風貌が様変わりしていてもおかしくはない。が、平蔵の目に映る利用は、かつての面影を残していた。ただ、心なしか以前よりは逞しくなったようだ。

苦い思い出と懐かしさが入り混じり、戸惑いの表情を浮かべた平蔵に、

「久しいのう。再び見《まみ》えて、余もうれしいぞ」

利用は微笑みかけた。

「恐悦至極に存じます」

平蔵は再び平伏した。

「平蔵、こたび、その方を召し出したのは、殿に鉄瓶割りの技を指南してほしいからじゃ」

喜三郎が言った。

「鉄瓶割りを」

平蔵は驚きの目を利用に向けた。利用は鷹揚《おうよう》にうなずいた。

鉄瓶割りとは盛岡名物の南部鉄瓶を刀で断ち割る、という技である。太刀筋の速さと正確さ、それに腕の筋力が必要とされる技だ。盛岡の城下でもこの技を駆使できる者は五人に満たない。

「殿におかれては、近々公方様の御拝謁を受ける。その際、公方様よりぜひに見せよと、ご所望されたのだ」

喜三郎は平蔵を見据えた。

「それは、それは」

平蔵はうなずいた。

「されば、さっそくに」

利用は立ち上がった。

「あ、いや。恐れながら、鉄瓶割りを御指南する前に、まずはお手合わせを」

平蔵は言った。利用は喜三郎を一瞥したが、

「もっともじゃな」

と、自ら防具を着け始めた。

平蔵は五年前の利用との変わり様に内心驚いたが、顔には出さず、自らも胴着に着替えると、防具は着けずに竹刀を持った。

「さあ、どうぞ、思い切り踏み込んで来られませ」

「まいるぞ」

利用は平蔵に向かって来た。平蔵は利用の竹刀を受け止める。思ったより、力があった。

「さあ、もっと」

平蔵は利用を励ました。

「だあ」

利用はいったん後ろに下がると、竹刀を上段から振り下ろした。平蔵はこれも受け止め、次の瞬間には利用の竹刀を弾き飛ばしていた。

「ああ、殿」

喜三郎や小姓が利用に駆け寄ろうとした。源之丈は、思わず顔を両手で覆い首を横に振った。

「よい。平気じゃ」

利用は肩で息をしながら言い放った。小姓が竹刀を拾い上げ、利用に渡した。

「さあ、続きを」

平蔵は竹刀を構えた。利用は再び大上段から打ち込んできた。

またしても、平蔵は利用の竹刀を弾き飛ばした。利用は大きく息を弾ませ、板敷きにへたり込んだ。

「少し、休みましょう」

平蔵は言った。利用は防具を外そうとした。小姓が手伝おうと駆け寄ったが、手でやんわりと制した。

五年前とは別人のようである。

利用は玉の汗を浮かべ、笑顔を見せた。

「まだ、まだじゃのう」

利用の笑顔は曇った。

「そう簡単におできになったのでは、指南役は無用ということになりますからな。ははっ」

平蔵が笑うと利用も肩を揺すった。

「まずは、殿、足腰を十分に鍛えることが肝要でございます」

「うむ、そうか。いかにすればよい」

利用は真摯《しんし》な目を平蔵に向けてきた。

「渡瀬さま、公方様への御拝謁はいつでございます」

平蔵は喜三郎を見た。

「十一月半ばの予定じゃ」

「すると、あと二月ほどですな」

平蔵は腕組みしてから、

「では、殿。少々重めの木刀で、朝、昼、晩、各々五百回ずつ毎日素振りを行ってください。そう、ひと月の間、休むことなくでございます」

平蔵が言うと利用は目を大きく見開いたが、

「分かった。やろう」

と、立ち上がった。

「では、このように。一、二、三」

平蔵は手本を示すように竹刀を大上段からゆっくりと振り下ろした。

「あとはそうですな。何せ、足腰を鍛えることが肝要ですから、木登りでもされては。そう、あの木の枝からぶら下がるのも……」

平蔵は道場の武者窓から覗く欅の大木を懐かしげに見上げた。

すると、

「そのようなお遊びはいけませんぞ」

喜三郎は顔色を変えた。

平蔵も源之丈も喜三郎の豹変振りに目を白黒させた。だが、

「そうじゃ、そちの申す通りじゃ」

利用は素直に従った。

それから、茶と御手洗団子が出され、談笑を交わし、平蔵は藩邸を後にした。

（木登りがそんなに、不遜なことか）

平蔵の脳裏に、利用のあまりの変わり様と木登りの一件が棘《とげ》のように残った。

十一

平蔵が道場に戻ったのは昼九つ過ぎだった。すると、待ちかねたように春菜が駆け寄って来た。

「大変でございます」

春菜は蒼白い顔色をしている。

「どうした？　今度は何だ」

平蔵は間延びした声で聞いた。

「仇討ちです」

「仇討ち?」

「だから、仇討ちなんですよ」

平蔵は苦笑したが、春菜は動転していると見え、「仇討ち」を繰り返すばかりだ。

そこへ、銀次が通りかかった。春菜は助けを求めるように、「親分、仇討ちのこと」

と、声をふりしぼる。

「先生、てーへんですよ」

銀次は顔をしかめた。

「ほら、奥州訛の仇討ち侍の話、ありやしたでしょ」

「ああ、叔父上が間違われた一件だな」

「そうです。それがね、その張本人が現れたんですよ」

「何処に?」

「道場にですよ」

春菜が口を挟んだ。平蔵は銀次に話を続けるよう促した。

「その、仇ってのが、森さんなんで」

「森？　あの森さんか」

森とは森伝三郎という浪人のことである。今川町に隣接する佐賀町の裏長屋に住み、近所の子供に手習いを教え、糊口を凌いでいる。

「で、相手は？」

「陸奥相馬藩のお侍で、名は、栗山、いや、栗木、ええっと……」

銀次が苦闘し始めた時、

「栗岡三四郎でござる」

と、老人の声がした。森伝三郎だった。

「先生、今まで隠し立てをしていて申しわけござらん」

伝三郎は頭を下げた。

「森さん、奥で話を伺いましょうか」

平蔵は静かに言うと、伝三郎を居間に導いた。

「実は、三年前のことでござった」

伝三郎は居間で平蔵と二人きりになると口を開いた。

「拙者は相馬藩で郡方をしておりました。栗岡三四郎の兄、敬一郎とは同僚であったのです。あるおり、酒席でいさかいが起きました。そう、拙者の年貢の取り立てぶりが手緩いと、敬一郎に揶揄《やゆ》されまして。御主君への忠義心に欠けるとまで非難されたのでございます」

伝三郎は当時の記憶が蘇ったのか、時折、袴の膝を握り締めた。

「敬一郎は普段は大人しい男でしたが、酒が入ると気が大きくなるというか、日頃の鬱憤を吐き出すように、くだを巻くことがよくありました。拙者も敬一郎はそういう男だと、初めは相手にしていなかったのですが、拙者自身もその日はかなり飲んでおりました。それで、みずからの忠義心まで非難されて、ついかっと頭に血が上り」

伝三郎は口をつぐんだ。

「分かりました。森さんは栗岡を斬り、出奔し、江戸に来られた。栗岡の弟は藩から仇討ちの認可を受け、森さんを追った。しかし、三年もの間、栗岡の弟も大変だったと思いますが、森さん自身も」

平蔵は同情の目を向けた。

この時代、生涯を仇討ちの相手を捜して終えることも珍しくない。何せ、仇討ちの本懐を遂げるまでは帰参できないのである。

「いつか、こういう日が来ると思ってはいたのですが。ま、仕方ありません。拙者も武士の端くれ、覚悟を決めました。先生やお内儀、門弟の方々にご迷惑はかけられませぬ」

「どうするのです」

伝三郎は笑顔を浮かべた。

「三四郎からは本日の昼七つ（午後四時）、富岡八幡宮の二の鳥居にて待つ、と申し渡されました」

「そこへ、行かれるのですね」

「はい。考えてみれば、妻子とは国元で別れて以来、音信不通。天涯孤独の身でござる。ここらが潮時と。考えようによっては、よい死に場所を得たのかもしれませぬ」

伝三郎の皺が刻み込まれた顔には、覚悟を決めたことで安堵の笑みが広がった。

「そうですか。留め立てができることではござらんな」

平蔵はうなずいた。

「では、身支度がございますので、これにて」

伝三郎は立ち上がった。

「助太刀、致そうか」

死を覚悟した伝三郎に助太刀を申し出ることの迷いが生じたが、声をかけずにはいられなかった。そのため、声がかすれた。

「お気持ちだけ、いただきます」

伝三郎は笑顔できっぱりと返した。その顔は、これ以上の申し出が無駄であることを明確に語っている。

「では、立ち会いにまいろう」

平蔵は平生さを取り戻した。

「それもご無用、と申したいところですが、そうですな、三四郎に討ち果たされ、骸《むくろ》となり野晒《のざら》しになるのは、ちと寂しい。先生に亡骸《なきがら》ぐらい引き取っていただきとう存じます」

伝三郎は淡々と言うと、落ち着いた所作で出て行った。

「どうなったのです」

入れ替わりに、春菜と銀次が入って来た。

「果たし合いをするそうだ」

平蔵は淡々と答えた。

「何とかならないものですか」

春菜は伝三郎の好々爺《こうこうや》然とした物腰に好感を抱いている。伝三郎の身を案じていることは、訴えかけるような眼差しや震える唇が如実に物語っていた。

「な～に、大丈夫でさあ。森さん、なかなかの腕だ。相手はしょぼしょぼの年寄りでしょ。きっと、返り討ちにしますよ。そんな田舎侍。ねえ、先生」

銀次は伝三郎より春菜のほうを気づかっている。

「でも、助太刀する人がいるかもしれないじゃない」

春菜が心配げに返した。

「それなら、あっしが森さんの助太刀を買って出ますよ」

銀次は胸を叩いた。

「親分だけじゃ心許《こころもと》ないわ。あなたもお願いしますよ」

春菜は両手で平蔵の袖にすがりついた。

「それがな」

平蔵は伝三郎に助太刀の申し出を断られたことを話し、立ち会いすることは受け入れられたと、言い添えた。

「でも、立ち会いの場で森さんが討たれそうになったら、助けてあげて下さい。こういうときにこそ、せっこの平蔵の本領を発揮して下さいよ」

春菜は平蔵の袖にすがったまま訴えかけた。ところが平蔵は、

「それはできん。武士の一分に反する」

と、いつになく厳しい口調で返した。春菜は平蔵の袖から手を離すと、そっと目を伏せた。

十二

昼七つになった。

富岡八幡宮の二の鳥居前に森伝三郎がやって来た。古いがきちんと洗濯し、糊が施された黒地の木綿の小袖に仙台平の袴をはいている。白髪交じりの髷を結い直し、月代《さかやき》、髭をきれいに剃り、額には汗止めの鉢巻きをしていた。腰に帯びた少し長めの大小が老剣客の風格をただよわせていた。

「十時先生」

伝三郎は小柄だが、背筋の伸びた身体を平蔵に向けた。次いで、かくしゃくたる所作で歩み寄ると、

「これを、拙者の弔《とむら》いに」

伝三郎は懐から財布を取り出し、平蔵に手渡した。

「たしかに」

平蔵は受け取ると懐に入れた。身の回りの品を処分してきたのであろう。

伝三郎は正面を向いた。秋風が月代を通り抜けていく。鱗雲に淡い朱色が差してきた。やがて、白装束に身を包んだ初老の侍がやって来た。

「栗岡三四郎にござる」

伝三郎は平蔵に小さく告げた。近づいてきた三四郎が、平蔵に視線を向ける。

「十時平蔵でござる。森殿の通っておられる道場の道場主です。本日は、この果し合いの立ち会いを致す」

平蔵は凜とした声で言った。

「相馬藩勘定方、栗岡三四郎でござる」

三四郎は頼りなげな足取りで平蔵の前にやって来ると、書状を渡した。相馬藩から出された仇討ちの認可状だった。平蔵は一瞥すると、書状を静かに返した。

「お内儀、こら大丈夫だ。返り討ちですよ」

銀次と春菜は鳥居の陰に潜んでいた。平蔵からは来てはならぬと釘を刺されていたが、いても立ってもいられない、二人である。

銀次は三四郎のよぼよぼとした所作にすっかり安心しきっているが、春菜はまだ

不安げに、

「どっかに、助太刀いるんじゃないかしらね」

と、周囲を見回した。

鳥居の前の茶屋では侍が三人ばかり草団子を食べていたが、とてもこれから仇討ちを行う緊張感は見られない。

行き交う人々が足を止め、白装束の三四郎に視線を向ける。野次馬が、「仇討ちだ」と群れ出した。

「ここでは、ちと具合が悪いようだ」

平蔵が言うと、伝三郎も三四郎もうなずいた。

伝三郎と三四郎は平蔵に導かれ、大島川に架かる蓬莱《ほうらい》橋を渡った。彼らは、平蔵を先頭に深川佃《つくだ》町の町人地と旗本屋敷の間の小路を入って行く。しばらく行くと、無人寺があった。平蔵は崩れた山門を潜った。

ぼうぼうとした雑草が生い茂る境内には、ほとんど原形を留めていない本堂、庫裏が野晒しにされている。平蔵は、

「少々、足場は悪いが、ここだと無用な野次馬もおらぬ」

と、伝三郎と三四郎を見た。二人はうなずいた。

山門の陰に春菜と銀次が身を潜ませた。

「森伝三郎、兄栗岡敬一郎の仇、覚悟！」

三四郎は腰の大刀を抜き放った。が、刀を抜いただけで足元が覚束《おぼつか》なくなり、よろよろとよろめきそうである。

伝三郎のほうは、

「お相手致す」

落ちついた様子で大刀を抜くと、正眼に構え、微動だにしない。

秋の冷気を含んだ風が流れ、雑草を揺らす。夕陽が二人の決闘者を赤く染めた。

「いざ、覚悟」

三四郎は言葉とは裏腹に、刀を持ったまま後ずさりしている。伝三郎は刀を正眼に構えたまま、静かに立っている。三四郎は額に汗を滲ませ、やがては肩で息をするようになった。

そんな三四郎を嘲笑《あざわら》うかのように烏が鳴きながら飛んできて、瓦がなくなった本堂の屋根にぽつんととまった。

「何してんだ、森さんは。早く返り討ちにしちゃえばいいんだよ」

山門の陰で銀次が囁いた。

「何だか哀れだわ」

春菜は三四郎を見てうつむいた。

「やめさせること、できないの?」

「そいつは無理ですぜ。お武家さまの御定法に則った、れっきとした仇討ちですからね」

銀次は答えた。

「いざ、だあ」

三四郎はかん走った声を発すると、刀を大上段に構えたまま、伝三郎に向かって行った。三四郎の刀が振り下ろされた。伝三郎はまるで蝿《はえ》を追い払うようにやすやすと払いのけた。

「おのれ」

三四郎は威勢のいい言葉とは裏腹に、崩れた体勢を立て直すのがやっとである。

「三四郎殿」

伝三郎は凛とした声で呼びかけると、正眼に構えた刀を鞘に納めた。三四郎は刀を下ろし、伝三郎の顔を見た。

「三四郎殿、さあ討ち果たされよ」

伝三郎は腰から大小を抜き取り、草むらに胡坐《あぐら》をかいた。大小は自分の右横に丁寧に置いた。三四郎は息を乱しながら刀を大上段に構え直した。

「さあ、兄敬一郎殿の仇、見事討ち果たすのじゃ」

伝三郎は三四郎を見上げた。

三四郎は刀を大上段に構えたまま、伝三郎の前によろよろとやって来た。

「だあ、覚悟」

言葉は出るものの、三四郎の刀は動かない。

「何を躊躇《ちゅうちょ》しておる。わしを討ち取らねば、帰参することかなわぬぞ」

伝三郎は励ますように声をかけた。

三四郎はようやくのことで刀を振り下げた。

十三

銀次と春菜は思わず顔を伏せた。が、三四郎の刀は伝三郎の身体を大きく外れた。

「できぬ、わしには」

三四郎はよろよろと草むらにしゃがみ込み、大刀を放り投げた。

「何をしておる。しっかりせい！」

伝三郎は怒鳴りつけた。

「伝三郎殿に非はない。悪いのは兄のほうだ」

三四郎はうなだれた。

「そのようなこと、今さら言ってどうなる。仇討ちの認可が出ている以上、おぬしはわしを討たねばならぬ。それが武家の御定法だ」

伝三郎は諭すように言った。

「できぬ。わしにはできぬ。伝三郎殿には藩のお役目で随分とご教示願った。飲んだくれの兄などより、よほど世話になった。そのようなお人を」

三四郎の目から大粒の涙がこぼれ落ちた。

「たわけ！　わしは、そなたの兄を殺したにっくき仇ぞ」

伝三郎は草むらに落ちている刀を拾い、

「さあ、討て」

と、三四郎の手に持たせた。三四郎は力なく首を振った。

「十時平蔵、お節介を承知で、栗岡三四郎殿に助太刀致す」

突然、平蔵が叫んだ。

伝三郎も三四郎も、そして銀次も春菜も平蔵に驚きの目を向けた。

平蔵は刀を抜くと、伝三郎に向かって刃を横一閃《いっせん》させた。空気を切り裂く鋭い音がしたかと思うと、

「ああ」

伝三郎の声がし、

「これは」

三四郎の戸惑いの声とともに伝三郎の髷《まげ》が草むらに落ちた。

「栗岡三四郎殿、兄敬一郎殿の仇、森伝三郎を見事討ち果たしたり」

秋風にざわざわと揺れる草むらに平蔵の晴れやかな声が響きわたった。

夕闇が忍び寄り、烏の姿が闇に溶け込もうとしていた。


「結局、あのお侍、森さんの髷を持って帰参されやしたね」

銀次が言った。平蔵とともに一富士の入れ込み座敷にいる。

「ああ、これで、何とか収まるであろう」

平蔵は猪口《ちょこ》をあおった。

春菜は安堵の表情で家に帰った。

「森さんは、どうなさるんで」

銀次はお勝に燗酒の追加を頼んだ。

「剣は捨て、手習いの師匠として生きていくそうだ」

「そいつは、いいや。ま、一緒に稽古できなくなるのが寂しいですがね」

銀次は笑顔を浮かべた。

ひとまず、仇討ち騒動は片づいた。

が、平蔵には、未解決な問題が横たわっている。

南部家当主利用に鉄瓶割りを会得させること。

聖寿寺の奇妙なできごと——狐面の行列の行方知れずと、一夜にしてできた地蔵尊——の謎解き。

前者は平蔵の剣術指南の技量を問われることである。ゆえに、それをやり遂げれば、道場主として今後の運営に大いに役立つであろう。

むろん、後者は平蔵が解決すべき問題ではない。が、かつて盛岡城下の寺社御町奉行所与力を勤めていた身としては、大いに好奇心を掻き立てられる。

「さあ、さあ」

お勝がちろりを持って来て平蔵に酌をした。平蔵は猪口に満たされる酒を見ながら、ふと、

(今ごろ何処で何をしておるのだろうか)

小野順次郎のことを思い浮かべた。その刹那、南部藩の重役連中の冷酷さに対する憤りが、平蔵の心の底からわき上がってきた。

「木登りをとがめている場合か」

平蔵は猪口をぐいっとあおった。

「木登りがどうしやした?」

訝《いぶか》しむ銀次に、「何でもない」と平蔵は笑顔をつくった。

第二話

唐茄子は人のためならず——先負

一

十時道場にも晩秋が訪れた。

庭の紅葉が色づき、吹く風が何となく物悲しさを誘う朝、春菜は門弟の数をいかにして増やすかということについて頭を捻っている。

いつものように、道場に隣接するお稲荷にお神酒を供え、両手を合わせた。次いで、道場の板壁に張り付けた門弟募集の帖紙を眺める。たしかに、思いもせぬ盛岡藩からの指南役の申し出により、一回に二十五両という法外な稽古代がはいるようになった。

おかげで道場の運営は随分と楽になった。しかし、門弟は一向に増えていない。それどころか、先日の仇討ち騒ぎで森伝三郎がいなくなった。現在、門弟は三十七人である。父新十郎の頃は、一番多い時で八十人近い門弟を抱えていたのだ。

剣の腕に関して、平蔵は新十郎に劣るものではない、と、方々で評判を聞く。

春菜は新十郎と交わした会話を思い出す。

ある日のこと、舅と婿は古今東西の剣客を肴に上機嫌で酒を酌み交わしていた。

春菜は酒のお代わりを持って行き、

「では、父上と旦那さまはどちらがお強いの？」

そう無邪気に口走った。すかさず、

「それは先生に決まっておろう。わたしは先生の門人だぞ」

平蔵は酔眼を春菜に向けた。春菜は、

「すみません、下らないことをお聞きして」

と、空いた徳利をさげようとした。すると、

「いや、そうは言い切れまい」

新十郎は盃を膳に置くと、

「なるほど、道場で手合わせをすれば、今のところわしが五本のうち三本を取っておる。しかし、野っ原で真剣で立ち合ったとしたら、どうかな。この婿殿は枠に縛られなくなった時にこそ――」

まことの力を出すと、にんまりとした。

「いやあ、先生、それは買いかぶりと申すもの」

平蔵は頭を掻きながら、照れ笑いを浮かべていた。

そんな情景を思い出しながら、

（そうだわ、野っ原で稽古してはどうかしら）

と、春菜は見当違いのことを考えていた。

一方、平蔵は春菜の悩みなどどこ吹く風と、南部家の下屋敷に出稽古に来ている。広大な庭園は紅葉が真っ盛りだ。大きな池では鴨の群れが気持ちよさそうに泳ぎ、鮮やかに色づいた楓や紅葉が優麗な美しさを水面に映し出している。

平蔵は利用《としもち》を道場から連れ出し、池のほとりで素振りを行わせた。小姓や江戸家老渡瀬喜三郎が心配げな目を向けてくる。平蔵はお構いなく、

「さあ、あと五十回です」

と、遠慮のない声で言う。利用は額に玉のような汗を浮かべて必死で木刀を振っている。

「もっと、腰に力を入れて」

平蔵は竹刀で利用の尻を打った。喜三郎と小姓たちが目を剝いたが、利用はかまうなと言うように、目で喜三郎たちを制した。

「はい、結構でございます」

平蔵の休めの合図で、利用は芝生に仰向けに転がった。小姓が竹筒と手ぬぐいを

持って駆け寄る。

「お疲れですか」

平蔵は利用の横に腰を下ろした。利用の汗のにおいが芝生の香りに混じり、爽やかな風に運ばれて来る。平蔵は利用にこれまでにない親近感を抱いた。かつて、自分を嫌っていた頃とは別人のようだ。

「うむ。だが清々《すがすが》しいぞ」

利用は寝転びながら答えた。平蔵も横に寝転んだ。真っ青な空を燕の群れが飛んで行った。南の彼方に帰って行くのだろう。

「近頃は腕や腰が痛まなくなった」

利用は半身を起こすと小姓から竹筒を受け取り、ごくごくと喉を鳴らした。次いで、胴着をもろ肌脱ぎにした。小姓が背中や首筋をぬぐった。

「そちに言われて素振りをやり始めて二十日ばかりになるが、初めの頃はとにかく腕や腰、背中が痛くてしょうがなかった。寝ても覚めてもな。それが、ここ三日前くらいから痛みを感じなくなったのだ」

利用は笑顔を平蔵に向けた。

「それが精進《しょうじん》の成果と申すもの。殿、よくぞご精進なされた」

平蔵は利用の前に片膝を立てて座り、深く頭を垂れた。

「痛みに我慢できなくなったときは、そちの顔を思い浮かべた」

利用は平蔵を困らせるように眉をひそめてみせた。

「拙者の顔、でございますか？」

「そうじゃ。そちの顔を思い出し、今に見ておれと、我が身を叱咤したのだ、はははは」

利用が笑うと喜三郎や小姓の間からも笑いが起きた。

「平蔵、いや、十時殿」

喜三郎は平蔵を見た。

「何でござる」

「これにて、殿におかれましては、南部鉄瓶割りの技、会得なされたのだな」

喜三郎は満面の笑みを浮かべた。

「いえ、まだまだほんのとば口でござる」

平蔵はけろっと返した。

「ええ？　とば口と」

喜三郎は絶句した。利用は唇を固く結んだ。

「では、次なる修練に入りますか」

平蔵は袴に付いた芝生と落ち葉を払うと立ち上がった。

「殿、あれなる小舟にご同道下さい。木刀をお忘れなく」

平蔵は池のほとりに設けられた桟橋を指差した。桟橋には何艘か小舟が舫ってある。夏や春になると、池に漕ぎ出し舟遊びに興じるのだ。

「よし、まいろう」

平蔵と利用は桟橋から舟に乗り込んだ。二人が乗ると舟は揺れ、周りで泳いでいた鯉が驚いたように遠ざかって行く。利用は思わず腰を落とし、舟の縁を摑《つか》んだ。

「木刀をお貸し下さい」

平蔵は利用から木刀を受け取ると大上段に構え、素振りを始めた。舟は揺れず、平蔵の身体も微動だにしない。

「これを行っていただきます。舟の上ゆえ、いささか足元が悪うございますれば、まずは、わたくしが舟を持っております」

平蔵は袴の裾をたくし上げて池の中に下り立ち、腰まで水に浸かった。

「さあ、まずはゆっくりと素振りされよ」

平蔵は舟の縁を両手で摑み、腰を落とした。利用はそっと立ち上がり、及び腰で素振りを始めた。

「これを池の真ん中で何人《なにびと》の支えもなく、舟を揺らさずに行うことができれば、次の修練は会得したのも同然にございます」

平蔵は微笑んだ。

平蔵が南部家の下屋敷を辞したのは昼九つ（午後零時）だった。帰り際、

「本日の稽古代じゃ」

稽古の都度、切り餅を一つ、すなわち金二十五両が、喜三郎より渡される。今日で稽古に上がったのは四回目であるから、もう百両受け取ったことになる。平蔵は遠慮もせず受け取った。この金には稽古代に加え、この稽古自体を他言するなという口封じ料が含まれているのだ。

二

利用の出稽古に行った翌朝、

「ちょっと出かける」

平蔵は行く先も告げずに母屋の玄関を出た。

春菜も利用の稽古代が入る日から翌々日くらいまでは何も聞かず、上機嫌で平蔵の好き勝手を許してくれる。その度、平蔵は師範代の三田村郷助に稽古を任せ、どこに行くでもなくぶらぶらと市中を徘徊している。

いや、当てもなくぶらぶらしてはいるのだが、捜している人間はあった。十五夜の晩に思わぬ再会をした元盛岡藩士小野順次郎である。順次郎の行方、安否が気になる。

あの晩、大川端の闇に消えてから順次郎はどうなったのか。

銀次に相談しようかとも思ったが、相手は南部藩と津軽藩を揺るがす騒動の当事者である。銀次に迷惑がかかる虞《おそれ》は、十分すぎるほどあった。

そんなことを考えながら、平蔵は仙台堀に面した正覚寺響流院の前までやって来た。ここを右に折れると、富岡橋までずらりと寺が並ぶ寺町を形成している。どの寺も境内から覗く木々が色づき、紅葉の美しさを競うようだ。

すると、

「ああ、ひ、ひと、人殺し！」

聞き捨てにできない声が平蔵の背中から聞こえた。とっさに平蔵は振り返った。棒手振《ぼてふ》りの野菜売りが道端に転倒している。縞模様の単衣《ひとえ》に紺地の腹かけ、股引に草鞋《わらじ》履きという格好だ。天秤棒とそれに吊り下げられた籠が横倒しとなり、唐茄子（カボチャ）が道に散乱していた。

「どうした、怪我はないか」

平蔵は野菜売りを抱き起こした。

「大丈夫です。申しわけございません」

野菜売りは笠を右手で押さえ、何度もぺこぺこと頭を下げた。

「そんな、お侍さま、めっそうもない」

平蔵が散乱した唐茄子を籠に入れてやると、野菜売りは恐縮した。

「かまわん。それよりどうしたのだ。『人殺し』などと叫びおって。誰ぞに襲われたか」

平蔵は辺りを見回した。

往来には野菜売りと同じ棒手振りの商人や行商人、お使いに行く丁稚《でっち》、河岸で荷受けをする人足が忙《せわ》しげに行き来している。が、皆自分の仕事に追われており、他人をかまったり、ましてや襲ったりする者など見受けられない。

「いえ、それはわたしが勝手に口走っただけのことでして」

野菜売りは着物や股引に付いた泥をはたくと立ち上がった。

「徳三郎と申します。佐賀町で八百屋をやっております叔父の家に厄介《やっかい》になってお
ります」

「佐賀町ならうちの近所じゃないか。おれは、今川町の十時道場の十時平蔵だ」

平蔵は笑顔で徳三郎を見た。

「ああ、あの道場の先生で。それは、それは」

徳三郎は何度も頭を下げると、「よっこらしょ」と、天秤棒を担いだ。

ところが――。

「ああ、おいおい」

平蔵が苦笑したように、またも腰砕けとなって、籠から唐茄子がこぼれ落ちてし
まった。

「すいません」

「おれに謝ることはないが。おまえ、これまで唐茄子を売ったことあるのか」

平蔵が聞くと徳三郎はうつむき、

「実は今日が初めてなんで」

蚊の泣くような声で言い、

「天秤棒を担ぐのも初めてでして」

と、付け加えた。

「ふ～ん、何かわけありだな」

平蔵が言うと、

「これで失礼します」

徳三郎は申しわけなさそうに天秤棒を担ぎ上げた。

「おい、おい。そんなに腰がふらついたんじゃや、何べんやったって同じことだ」

平蔵は辺りを見回し、

「とりあえず、あそこでそのわけとやらを聞かせてもらえぬか。場合によっては力になれるかもしれん」

と、正覚寺橋の袂にある茶店を指差した。またもや、せっこの虫が疼《うず》き出したのだ。

「めっそうもございません」

徳三郎の返事を聞く前に平蔵は、

「よっこらしょっと」

軽やかな足取りで天秤棒を担ぐや、

「茶をくれ、それと草団子だ。あんこをたっぷり付けてくれよ」

と、茶店の中に入った。徳三郎はおずおずと従った。

二人は朱色の毛氈《もうせん》が敷かれた横長床几に並んで座った。二人の間には山と盛られた草団子の皿が置かれている。

晩秋のひんやりとした風が吹き抜けていく。仙台堀には、いつものように荷舟が忙しげに行き交っていた。

「どんな子細だ?」

平蔵は単刀直入に訊いた。

「実は、わたしは親から勘当された身でございます」

徳三郎はうつむいた。笠を脱いだ顔は色白で優しげである。品を感じさせる言葉づかいといい、大店の跡取りといった風だ。

「父と申しますのは、神田三河町でべっこう問屋を営んでおります、相州屋徳兵衛でございます」

果たして、大店の息子であることが分かった。

「相州屋といえば大店だ。大名や旗本の屋敷にも出入りしていると聞いたことがあるぞ。そうか、おまえ、相州屋の跡取りだったのか。で、お店《たな》をしくじったってのは、これだな」

平蔵は小指を立てた。

徳三郎は恥ずかしそうにうなずいた。

三

徳三郎はまさしく放蕩《ほうとう》息子の典型だった。

遊びを覚え連日の吉原通い。何度注意されても、意見されても、説教されても一向に行状を改めようとはせず、ついには、

「十日ばかり前に勘当になりました」

徳三郎は顔を伏せた。

勘当されてから、吉原の馴染みの花魁《おいらん》や贔屓《ひいき》にしていた太鼓持ちの所に身を寄せたが、

「初めの二日くらいは、いつまでもいていいですよ、なんて、笑顔を向けてくれてたんですが、三日もいるとなると、もういけません。露骨に嫌な顔しやがって」

徳三郎は目に涙を浮かべた。平蔵は肩を叩き、

「まあ、食えよ」

団子の皿を徳三郎のほうへ押しやった。徳三郎は鼻水を啜《すす》り上げ、夢中で草団子を頬張った。

「それで、行く当てがなくなってしまいまして、うろうろと永代橋の上を歩いていたところを」

徳三郎は団子を喉に詰まらせ、むせ返った。平蔵は茶を注いでやり、

「分かった、分かった、その、佐賀町で八百屋をやってる叔父さんと行き逢ったんだな。まあ、何にせよ、よかったじゃないか」

徳三郎は茶を飲み干すと、しょぼくれた顔を平蔵に向けた。

「叔父さんってお人は、情け深いお人で、勘当になったわたしを居候させてくれ、これからは額に汗して真面目に働け、と意見してくれましてね」

そんなこんなで、棒手振りの唐茄子売りをやることになったのだという。

「ところが、この体《てい》たらくで」

徳三郎は頭を掻いた。

「そうか、事情は分かった。よし、おれも乗りかかった舟だ。ひとつ、一緒に売ってやろう」

せっこの平蔵の本領発揮となった。

「そんな、お侍さまが棒手振りの真似なんか」

「何、気にするな。仕官している身でもなし」

「しかし、ご立派な道場主でいらっしゃるじゃありませんか」

徳三郎はとんでもないと大きく手を振った。

「気にするな。せっこ、いや、お節介は性分だ」

平蔵は茶店の勘定をさっさとすませ、天秤棒を担いだ。

「それだけはいけません」

どうしても天秤棒は徳三郎が担ぐと言い張った。仕方なく平蔵は徳三郎の負担が減るようにと気休めで唐茄子を二つ持ってやった。

平蔵と徳三郎は往来を歩いたが、誰も買ってくれない。

「だめだ、もっと賑やかな所へ行こう」

平蔵は徳三郎を連れ、寺町通りを富岡橋に向かった。寺の白壁沿いを侍と棒手振りという珍妙な取り合わせの二人が進む。寺の参道の落ち葉を掃いていた小坊主が、うろんげな目を向けてきた。

「唐茄子買ってくれ」

平蔵は小坊主に唐茄子を差し出した。小坊主は珍妙な二人の取り合わせに驚いたのか、平蔵の商いとは思えない不遜な態度に腹を立てたのか、何も言わずに寺内へと引っ込んだ。

「だめだな。深川の坊主は唐茄子を食べないか」

平蔵はすたすたと歩き始める。徳三郎はよたよたと追いかける。

二人は富岡橋を渡ると十五間川に沿って永代寺に向かって歩いて行く。途中、

「唐辛子！　七色唐辛子！」

と、威勢のいい声が聞こえたかと思うと、唐辛子売りが二人を追い抜いていった。

「そうだ。おれたちもかけ声が大事だ」

平蔵は徳三郎の背を叩くと、徳三郎は「はい」と頼りなげな声を出した。

二人は永代寺の門前町に出た。人通りが増えた。

その分大勢の棒手振りが行き交い、露天商も軒を並べている。

「こいつは負けられぬぞ」

平蔵は両袖を捲《まく》り上げると、

「唐茄子！　唐茄子！　うまいぞ！」

と、怒鳴った。さすがは道場で鍛えた喉である。

一瞬、行き交う人々はおろか、露天商たちの耳目も引いた。ところが、誰も近づいて来ない。それどころか、見て見ぬ振りをするようにいそいそと遠ざかって行く。

「おい、徳、おまえも声を出せ」

平蔵は、ばつが悪そうな顔で徳三郎を促した。徳三郎は、

「唐茄子、ええ、唐茄子は、いらんかえ」

と、うつむいたまま言った。徳三郎のほうは声すら往来に届いていない。忙しげに行き交う者からは、邪魔だとばかりに睨みつけられる始末だ。

「まったくうまくいかんのう」

平蔵は小首を傾げた。

「すいません、後はわたし一人で」

徳三郎は頭を下げた。

「言っただろ、乗りかかった舟だと」

「いえ、もう、その、これ以上、先生にご迷惑はおかけできません」

「そうは、いかん。武士がいったん、力を貸すと申したのだ。全部売れるまでは帰らん。武士に二言はない」

平蔵は意地になっている。

「唐茄子、ええ、唐茄子」

「唐茄子だ！　うまいぞ！」

徳三郎のしょぼくれた呼び声と平蔵の無骨な呼び声では、売れる物も売れない。

永代寺の鐘が七つ（午後四時）を告げた。もうすぐ日が暮れる。人の往来がなくなれば、売る相手もいなくなってしまう。

「先生」

郷助の声がした。

「おお、渡りに舟だ。いい所に来た」

郷助は道場の門人を十人ばかり従えていた。

「どうした、こんな所で？」

平蔵の問いかけに、郷助は苦笑いのような表情を浮かべた。

「実はお内儀に頼まれまして」

春菜は、なるべく人の多い野っ原で稽古してほしい、と言ったらしい。

「と、申しましても、そのような都合のよい場所など見つかるはずもなく、やむを得ず富岡八幡宮の境内をお借りし」

稽古していたのだという。しかも立ち合うごとに、「十時道場誰それ」と名乗るように、とも言われたのだという。

「そうか、その帰りか。おれか？　こっちはな」

平蔵は郷助に促され、徳三郎との出会いから唐茄子売りに至る経緯を語った。

「という次第で、これが売れるまでは帰れん」

平蔵は胸を張った。

四

「先生、そんな……お節介にもほどが、お内儀が聞かれたら何と」

郷助は口ごもった。

「だからこのこと、春菜には絶対これだ」

平蔵は口に人差し指を立てた。

郷助は門人たちのほうを振り向いた。浪人、商人、郷助と同じ御家人といった雑多な人間が、揃いの紺地の胴着、袴を身に付け、肩に竹刀と防具を担いでいる。みな、ぽかんと口を開け、師の酔狂を見守っていた。

「分かりました。ではその唐茄子、わたしが全部いただきます」

郷助はこの男の持ち味である律儀さを発揮した。師の窮状を捨て置くわけにはいかないようだ。

郷助は北町奉行所の与力の次男坊として生まれた。兄は与力となり、郷助は直参御徒《おかち》歩組組頭三田村助五郎の養子となった。徒歩役という将軍警護の役目、養子という立場、兄は町方の与力という立場にあることから、郷助は武士道を貫かねばと剣の修練にことのほか熱心である。

「さあ、先生がお困りだ。みんな、唐茄子を買うぞ」

「おまえたちに迷惑はかけられん」

「迷惑ではございません」

「そんなことはない」

「では、この唐茄子は人に迷惑をかけるような代物なのですか」

「そんなことはない」

掛け合い万歳のようになって、平蔵はしぶしぶという顔で承知した。

郷助は門人たちを見回した。迷惑顔の者もいた。結局、郷助が銭を出し全員で十個の唐茄子を道場への差し入れとして持参することになった。

「ありがとうございます」

黙って成り行きを見ていた徳三郎が顔を輝かせた。唐茄子一つは十文であるから、百文という銭を押しいただくようにして郷助から受け取った。徳三郎にとっては生まれて初めて自分で稼いだ銭である。

「おう、よく礼を言えよ」

平蔵に言われ、

「ありがとうございます」

徳三郎は重ねて米搗《こめつ》きばったのように頭を下げた。

「もうよい。ともかく、先生帰りましょう」

郷助は平蔵を促した。

「分かった。帰る。だが、おまえたちとは別々にな」

平蔵は右目を瞑った。郷助たちは、「失礼します」と帰って行った。

残った平蔵は徳三郎を見た。

「これは、商いとは言えぬな」

平蔵の言うとおりである。自分たちの呼び声で客を呼び込み、売ったわけではない。

「門人たちに買わせてしまったのでは、おれも立つ瀬がない」

平蔵の言葉に徳三郎の顔から笑みが消えた。

「されどな、徳よ。商い初日にしては上出来だ。ともあれ、全部売ったのだからな。大威張りで叔父貴の所に帰れるぞ」

平蔵は何度も、「上出来だ」を繰り返した。

「明日、朝五つ（午前八時）に、ここに来い」

平蔵と徳三郎は、もう一度商いを行うことにした。

平蔵が家に戻ると、

「お帰りなさいませ」

春菜の声が台所から聞こえた。

「おお、帰った」

平蔵はそそくさと母屋に向かった。それを、

「ちょっと、こちらへ」

春菜の困惑した声が引きとめた。平蔵は春菜の困惑の原因を知っていながら、素知らぬ顔で台所に入った。

「な、何だ、これは？」

予想していたとはいえ、板の間の唐茄子の山を見ると思わず絶句してしまった。

「三田村さんが道場への差し入れにと買って下さったとかで、みなさんが持って来てくれたのです。それと……」

「おい、二十個あるじゃないか」

平蔵は数えた。

「そうなんですよ」

春菜は困惑顔のままである。

思わず平蔵はつぶやいてしまった。

「おかしいな」

「ええ？　何がおかしいのです」

春菜は平蔵の困惑を見逃さなかった。

「あ、いや、こんなに唐茄子があることが、おかしいな、と、おまえが買ったのか。いや、そうではなかったな。郷助がこんなに買って来たのだったな。何を考えているのだ、あいつは」

平蔵は早口になった。

「ですから、三田村さんが買って来たのは半分です。あとの半分はわたしが買い求めたのが五つ、銀次親分が稽古代の足しにって持って来てくれたのが五つ、それでこんな唐茄子の山になってしまったのです」

春菜も早口に返した。

「そうか、ふ〜ん。どうしたものか。どっかで売ってくるか」

平蔵が言うと、

「売ってくるって、誰が売って来るのです」

「おれが売ってくるんだよ」

「あなたが、ぷふっ！」

春菜は噴き出した。平蔵は今日のことを話そうかと思ったが、聞いたら春菜は怒り出すに決まっている。

「そうだわ。出稽古にお伺いしている、お大名やお旗本のお屋敷にお土産で持って行かれたら、いかがです」

春菜は唐茄子を一つ持ち上げた。

「武士がそんな真似できるか」

平蔵は昼間のことは棚に上げて憤然と返した。

「冗談ですよ。でも、どうしようかしら。明日から、当分の間は毎日、唐茄子が食膳に上りますからね。覚悟して下さいよ」

「ああ、唐茄子は好物だ」

平蔵が胸を反らすと、

「そうでしたっけ」

春菜は悪戯《いたずら》っぽく微笑んだ。

五

翌朝五つ、平蔵と徳三郎は永代寺門前町の馬場通りにいた。

「先生、昨日はありがとうございました」

徳三郎は丁寧に頭を下げると、

「おお、今日は何としても我らの手で売りきるぞ」

平蔵は、気合を入れるように徳三郎の腹を拳で打った。徳三郎は微笑んだ。今日の平蔵は黒地木綿の小袖に袴を身に着けているが、腰には脇差を差しているだけで大刀は帯びていない。

「さあ、行くぞ」

平蔵は大きく息を吸い込むと、

「唐茄子だよ。唐茄子、うまいよ」

と、朗らかに言った。

「唐茄子、うまいよ、安いよ」

徳三郎も声を張り上げた。

平蔵も徳三郎も昨日のぎこちなさ、独りよがりが薄らいでいる。顔つきも、侍、大店の息子という殻を破って心なしか野菜売りの顔らしくなってきた。

しかし、周りの露天商、棒手振りも声を張り上げ、おのが食い扶持を確保しようと必死である。

明らかに、昨日より商人らしくなっている二人であるが、肝心の唐茄子は売れない。

「あれ、先生」

「ああ」

（まずい奴に見つかった）

平蔵は顔を伏せたが、もう遅い。

「何やってなさるんです」

銀次はきょとんとした顔で近づいて来た。

「見れば分かるだろう。唐茄子を売ってるんだ」

平蔵と徳三郎は籠から唐茄子を取り出した。

「徳、三好町の銀次親分だ」

平蔵が銀次を紹介すると徳三郎は、

「佐賀町の八百屋与平の甥で徳三郎と申します」

と、頭を下げた。小首を傾げる銀次に、平蔵は昨日の経緯を説明した。

「先生も物好きな。いつものせっこですか」

銀次は苦笑とも失笑とも取れぬ笑い顔になった。

「分かったら、もう行け」

平蔵は追い払うように手をひらひらと振った。と、立ち去ろうとした銀次に追いすがって、「春菜には絶対これだぞ」と、口に小指を立てた。銀次は首をすくめ去って行った。

「さあ、うるさいのがいなくなった。やるぞ」

平蔵は気を取り直すように徳三郎を促すと、

「唐茄子！　唐茄子！」

同時に声を張り上げた。

が、半刻ほど経過しても一向に売れない。時折、冷やかし半分に唐茄子を手に取り、しげしげと眺めた挙句、「いらねえや」と去って行った者が何人かいただけだ。

「まったく、見ちゃいられねえや」

どこにいたのか、銀次が往来の人混みから姿を現した。

「ちょっと、いいですか」

銀次は縞木綿の着物の裾を捲る。次いで、唐茄子を持つや、

「唐茄子、唐茄子、うまいよ、ほら、この色艶」

ひときわ大きな声を発した。平蔵と徳三郎も真似た。やがて、「親分、こんな所で何してなさる」と、若い男が立ち止まった。紺地の半纏《はんてん》、股引《ももひき》といった身なりからして大工であろう。

「おお、三吉か。ちょうどいいや、唐茄子、買ってくれ」

銀次は三吉に唐茄子を差し出した。

「そら、勘弁だ。いっくら親分の頼みだって、唐茄子は嫌えなんだ」

三吉は手で唐茄子を押し戻した。

「何だと。唐茄子は嫌えだと、ええっ！」

銀次は腕を捲くった。

「おめえ、親方の気持ちしくじって、うちの二階に居候させてやった時のこと忘れちゃいねえよな」

「そりゃ、あん時は世話になりやしたよ。親分に親方との間を取り持っていただいて……」

「なら、覚えてるだろ。てめえ、うちのかかあが、唐茄子のあべかわ作ったけど食べるかい、って言ったら、いただきますって、大慌てで階段を下りて来たじゃねえか」

「そんなことありましたかね」

三吉はうつむいた。

「ありましたかねじゃねえや。しかもかかあが、食べるかいの、『かい』って言葉を言い終わらないうちに、いただきますって、返事しやがったんだぜ。その挙句、唐茄子のあべかわ、三十七切れも食いやがった。忘れたとは言わせねえぞ」

銀次は十手こそ見せなかったが、下手人を取り調べるような勢いで捲し立てた。

「わ、分かりましたよ。親分に会っちゃ、かなわねえや」

三吉は籠にしゃがみ込んだ。

「まったく、嫌えだなんて言ってたくせに、こいつ大きいのを選んでやがる」

三吉は唐茄子を買うとそそくさと立ち去った。

銀次は往来に向かって、

「そこの、男前」

「おおっと、こいつは深川小町だ」

などと、親しげに声をかけ、唐茄子を売りさばいていった。

平蔵と徳三郎も銀次を真似た。真似ているうちに、徳三郎の声の調子が変わっていった。すっかり商人らしい声音である。

昼頃までには唐茄子は売り切れた。

「借りをつくったな」

平蔵は銀次に微笑んだ。徳三郎もぺこぺこ礼を言った。

「何のこれしきのこと。それより徳よ。明日からは一人でやるんだぜ。できるか」

銀次が言うと、

「やります」

徳三郎は晴れやかな顔をした。

「うむ、その意気だ」

平蔵もお節介が役立ったという満足感に満ちた笑顔になった。

「明日からはな、こういう往来で呼び声上げて売るのもいいが、どっかの長屋を回ってみな。長屋のかかあ連中を相手に商いをするんだ」

銀次は言った。

「それはいいかもしれぬぞ。おまえ、色白のやさ男だ。かみさん連中に贔屓にされるかもな」

平蔵は徳三郎の肩を叩いた。徳三郎は恥ずかしそうな顔でうなずいた。

六

それから、五日間にわたって十時家の食卓はもちろん、道場の差し入れにまで唐茄子が上った。唐茄子の煮物、唐茄子のあべかわ、唐茄子の天麩羅と、いささかどころか、大いに食傷気味なのだが、平蔵は努めてうまそうに食した。

「あ～、うまかった」

平蔵は母屋の居間で夕餉を終えると膳に箸を置いた。

「お口直しに、いかがです」

春菜は丼に盛り付けられた唐茄子のあべかわを持って来た。

「口直しと言ったって、今、唐茄子の煮付けを食べたばかりではないか」

さすがにもう唐茄子はいらぬ、と平蔵は眉間に皺を寄せた。

「お茶菓子代わりには、うってつけですよ。今、お茶を淹れます」

春菜の顔には、何としても食べさせようという強い意志が浮かんでいた。

「ならば、後で寝る前にでも」

平蔵は立ち上がろうとしたが、春菜は譲らない。

「今が、お召し上がり時です」

その時、半助の声が庭先から聞こえてきた。

「先生、お客人です」

唐茄子から解放される。すかさず、平蔵は通してくれ、と声を上げた。

「どなたです？」

春菜は障子を開けた。

「八百屋の徳、とお伝え下さいと」

半助は、ぼーっとした顔で庭に立っている。

「八百屋さん？　あなた、八百屋さんに知り合いがあるの」

春菜は小首を傾げた。

「ああ、徳か。この唐茄子は、郷助が徳から買ったのだぞ」

平蔵は思わず口走ってしまった。

「何で、あなたがご存知なのです」

春菜に問い返され、すぐに失言に気がついたが、

「すぐに通せ。ここでいいぞ」

と、縁側に出た。納得がいかない顔つきの春菜を、そんな気がしたと適当にあしらっていると、徳三郎が現れた。

「おお、徳か。商いは、うまくいってるか」

平蔵は縁側に胡坐をかいた。徳三郎は沈んだ顔をしている。

「どうした、うまくいってないのか」

平蔵は明るい口調で訊いた。徳三郎は沈んだ顔を平蔵に向け、突如叫んだ。

「先生、わたしに剣術を教えて下さい」

「何だ、藪から棒に」

徳三郎は庭に両手を付いた。

「先生、この通りだ。剣術を教えて下さい。お願いします」

何度も頭を下げた。

「あの、もし、八百屋さん。徳さん、っていうのかしら」

春菜は平蔵の横に腰を下ろすと、

「そんな所にいないでこっちへお上がりなさい」

と、声をかけた。平蔵もやっと気がついたように、「そうだ、上がれ」と立ち上がった。

「失礼します」

徳三郎は額に付いた土を払うと、縁側に腰を下ろした。春菜はお清を呼び、たらいに水を汲んで持って来させた。すみませんと恐縮しながら、徳三郎は草鞋を脱いで足を洗った。

「佐賀町の八百屋与平の甥で、徳三郎と申します」

徳三郎は春菜に挨拶した。

「徳さん、あんた、お腹空いてるんじゃないの」

春菜は唐茄子のあべかわを徳三郎の前に置いた。

「そうだ。まあ、食え。話は食ってからだ」

平蔵はあべかわをひと切れ取り、頬ばると、「うまい」と唸った。

徳三郎は春菜に軽く頭を下げると、ひと切れ口に入れた。しばらく、もごもごしていたと思うと、夢中で残りを平らげていった。

「実はな」

平蔵は徳三郎があべかわを食べている間に、二人の出会いから唐茄子売りの手伝いをしたことまでを語った。

「まあ、あきれた。また、せっこですか」

春菜はくすりとしてから、

「それで三田村さんたら、唐茄子を買って来たわけを訊いた時、困った顔をしたのね」

「郷助は何と申したのだ」

「ただ、うまそうだったからって、そう、ひと言だけ言い残して逃げるように帰って行かれましたの」

春菜はその時の様子を思い出したのか、噴き出した。

「黙っていてすまなかった」

「まあ、今回は人助けですから、わたくしもとやかくは申しません」

春菜は徳三郎を見た。

徳三郎は、ごちそうになりましたと、空になった丼を春菜に渡した。

「うまかったろ。おまえ、こんなうまい物を商ってるんだぞ。剣術なんかやらなくったっていいだろうよ」

平蔵が悟すように言うと、

「いえ、どうしても習いたいのです。強くなりたいのです」

徳三郎は訴えた。

「わけを聞くか」

平蔵は、徳三郎の思い詰めたような顔にただならぬものを感じた。

「昨日のことでした。わたしは銀次親分に教えていただいた通り、長屋を回っていたんです。深川蛤町の裏長屋です」

徳三郎は訥々《とつとつ》と語り始めた。

蛤町の長屋は仏壇屋永田屋三次郎が家主の長屋であることから、通称、「仏壇長屋」と呼ばれている。仙台堀沿いの正覚寺と小川橋の間にあった。仙台堀に面した表通りに永田屋が店を構え、横丁には髪結い床、町駕籠屋、履き物屋が並んでいる。

裏通りには、棟割長屋一棟と二階建長屋二棟が建っていた。

徳三郎はその長屋に天秤棒を担いで入って行った。長屋のおかみさん連中は、気のいい人間ばかりで、唐茄子は調子よく売れた。あと一つとなったところで、

「着ている物はみすぼらしいのですが、どことなく品のよいおかみさんに声をかけられたのでございます」

徳三郎の目利き通り、その女は武家の妻で名を貞世《さだよ》といった。夫は浪人し、貞世と五歳になる一人息子の清三郎《せいざぶろう》を置いて、行方知れずだという。徳三郎は唐茄子を売ると、貞世の家で弁当を使わせてもらうことになった。

ところが、徳三郎が弁当を広げるや、清三郎が泣き出した。

七

「その子供、この二日何も食べてなかったそうで。わたしの弁当を見て空腹のあまり、泣き出したんです」

徳三郎は見かねて弁当をやったのだという。

貞世は遠慮したが、清三郎の空腹には勝てず、徳三郎の弁当をもらった。清三郎が弁当を食べている間、貞世と話をした徳三郎は、貞世が一人息子を抱え、貧しい

ながらも健気《けなげ》に生きる姿に心打たれ、その日の売りだめを渡したのだという。

「もちろん、おかみさんは受け取れないと拒みました。それをわたしが無理やり押し付けて、逃げるように家から出て来たのです」

徳三郎はしんみりとした顔をした。

「徳さんて、本当にいい人ね。大店の跡取りだけのことはあるわ」

「ところが、です」

徳三郎の顔に朱が差した。

「今日、蛤町の長屋に行ってみると、何だか様子が変だったんです」

長屋の女房連中が真っ青な顔で貞世の家の前に集まっている。徳三郎が事情を訊くと、

「昨日、おかみさんはわたしを追いかけて家を飛び出したんだそうです。その時、長屋に住んでいるやくざ者にぶつかってしまった。やくざ者は、怪我をしたとわめき立て、大家と一緒になって、おかみさんに怪我をしたから薬代を出せと、わたしが置いていった……」

徳三郎は顔を歪めた。

「おまえが置いていった売りだめを奪っていったんだな。やくざ者とつるんでいる

とは、ひどい大家だ」

平蔵は顔をしかめた。

「それぱかりじゃないんです。これだけじゃ足りない、と身の回りの品いっさいを持って行ってしまったそうで。それで、おかみさん、すっかり気落ちして、首を括《くく》ってしまって」

徳三郎の目から涙が溢れた。

「すると、おかみさんは？」

平蔵が訊くと、徳三郎は涙をぬぐった。

「どうにか、命は取りとめたそうです」

平蔵と春菜は安堵のため息を漏らした。

「ですから、わたしはそのやくざ者と大家を懲らしめてやりたいのです」

徳三郎は顔を上げた。

平蔵は腕組みした。

「気持ちは分かるよ」

「しかしな、おまえが剣を稽古したところで……」

「お願いです。どうぞ、後生だと思って」

徳三郎は畳に額をこすり付けた。

「ちょいと、徳さん。頭を上げなさいよ」

春菜は徳三郎の肩を叩いた。

「銀の字に相談するか。こういう時にこそ、役に立つ男だ」

平蔵は春菜に言ってから、徳三郎を見た。

「ほら、おれたちと一緒に唐茄子を売ってくれた三好町の十手持ちだよ」

それがね、と春菜がため息をついた。

「親分このところ町方の御用が忙しいらしくて、道場に顔を見せないんですよ」

「肝心な時に役に立たん男だな」

平蔵は舌打ちした。

「それより徳さん、剣術の稽古なんてしたことあるの」

春菜は優しく問いかけた。徳三郎は力なく首を右、左に振った。

「だろうね。そりゃ、わたしとしては門弟が一人でも増えるんだから、大歓迎よ。でもね、そんな話を聞いたんじゃ歓迎できないわ」

「そこんとこを、お内儀、どうか」

「だって、徳さん。今から剣術のにわか稽古したって、やくざ者を懲らしめることなんてできるもんですか。それどころか怪我するよ。まかり間違えば命をなくすかもしれないじゃないの、ねえ」

春菜は平蔵を見た。平蔵はうなずく。

「いいんです、死んだって。どうせ、わたしは勘当になった身です。元々、死のうと思っていたんですから」

徳三郎が言うと、

「馬鹿、お言いでないよ」

春菜はぴしゃりと釘を刺した。

「そうだ。おまえは、叔父さんの八百屋で棒手振りをやって商いを覚え、生まれ変わったばかりじゃないか。やけになってどうする」

平蔵も言葉を添えた。

「先生は、このまま悪い奴らを野放しにしておいてよい、とおっしゃるのですか」

徳三郎が畳を叩いた。

「徳さん、ひょっとして貞世さんに恋心を抱いたんじゃないの」

春菜は徳三郎の態度に女の直感が働いた。

「そんなんじゃありません。わたしは、あの健気なおかみさんが気の毒で」

徳三郎は顔を赤らめた。春菜は何も言わずうなずき、平蔵を見た。

「乗りかかった船だ。おれが行く」

「そうしてあげて下さい」

春菜も反対しなかった。徳三郎は顔を上げた。

「先生、すみません。では、明日の昼七つ蛤町の永田屋の前でお待ち致します」

「いや、善は急げだ。朝五つにしよう」

「ですが、唐茄子を売ってからでないと」

「そうか、そうだな。よく言った」

気まずそうな顔をした徳三郎を見て、平蔵は嬉しそうにうなずいた。

「そうだよ、徳さん」

春菜も微笑んでから、

「明日の朝、うちにいらっしゃいよ。唐茄子を売りに。うちで買うわ。唐茄子が売れたら蛤町へ行けるものね」

と、両手を打った。

「ええ？　おい、やっと唐茄子を食べ終わったと思ったのに」

平蔵は絶句した。

「いいじゃないですか。人助けですよ。わたくしにも、これくらいのせっこをさせて下さいな」

春菜はくすりとした。

「唐茄子は人のためならず、か」

平蔵は頰を搔いた。

八

翌朝、平蔵と徳三郎は蛤町の仏壇長屋にやって来た。

まずは、貞世の家を覗くことにした。

木戸門を潜り二階建長屋と棟割長屋の間の路地を進む。溝板に用心しながら歩いて行くと、女たちの話し声がした。長屋の女房たちが井戸端で洗濯をしているようだ。

貞世の家は井戸端の近くにあった。九尺二間の棟割長屋である。平蔵と徳三郎が貞世の家の前に立つと、

「おや、一昨日の八百屋さんじゃないか」

洗濯の手を止めて一人の女が声をかけてきた。井戸端で噂話に興じていた女房衆も手を休め、平蔵と徳三郎を見上げた。

「あの、貞世さんの具合は？」

徳三郎は井戸端に近づいた。

「家の中で寝ているよ」

女たちは心配げな顔を浮かべた。

「坊ちゃんは？」

「うちで預かってるよ。あたしゃ、お貞さんの隣に住んでる大工の女房で、きんていいます」

おきんは、平蔵と徳三郎に笑顔を向けた。

「だけど、あんた、偉いね。売りだめそっくり渡すなんて、できるこっちゃないよ。それに、引き替え大家ときたら。まったく、血も涙もありゃしない」

おきんが言うと、周りの女房たちから、「しっ！」とか「聞こえるよ」と声が上がった。

「どうせ、朝から権蔵と一緒に酒を飲みながら花札でもやってるさ。聞こえやしないよ。聞こえたってかまうもんかね」

おきんは地べたの小石を蹴飛ばした。

「その、権蔵と申す男が、貞世さんに言いがかりをつけたやくざ者だな」

平蔵は名乗り、徳三郎との関係をみなに簡単に説明した。すると、おきんは権蔵がいかに好き放題に振る舞っているかを語った。

「そんな男、よく、この長屋に受け入れられたな」

「家主の永田屋さんは、長屋のことは大家の義助に任せっきりにしていなさるから。長屋のことなら、義助の裁量一つで何でもできるんですよ」

「永田屋は、何ゆえに義助をそのように買っておるのかな」

「分かりません。けど、何か弱みを握られているって、もっぱらの噂ですよ」

「義助という男、ずっと大家をやっておるのか」

「いいえ、三月前に前の大家さんが亡くなって、永田屋の旦那が連れて来なさすったんですよ」

おきんは洗濯を終えると二人に頭を下げ、家に入った。平蔵と徳三郎は、再び貞世の家の前に立つと、

「ごめん下さい」

徳三郎が声をかけた。返事はなかったが、戸に心張り棒は立てられていなかっ

た。

「入ってみますか」

徳三郎は平蔵を見た。平蔵がうなずくと、徳三郎はゆっくりと戸を開けた。

六畳ほどの板の間には、所々破れたり、擦り切れたりした筵《むしろ》が敷かれている。そこに、貞世は横たわっていた。お櫃《ひつ》も仏壇も行灯も、行李《こうり》一つ残っていない部屋は妙に広々、いや寒々としている。

貞世は、敷き布団を身体に巻き付け、まるで蓑虫《みのむし》のような姿で眠っている。薬が効いているのだろう。枕元に空の茶碗が一つだけ転がっていた。

「むごい」

徳三郎は怒りで全身を震わせた。平蔵も唇を噛み締めた。


木戸門を入ったすぐ右手の二階建長屋の一軒が義助の家だった。

「義助、おるか」

平蔵は間口二間の二階家の前で怒鳴った。しばらくして、どたどたと足音がし腰高障子が乱暴に開けられた。

「誰だ、何の用だ」

義助は背の低い小太りの男だった。歳は四十前後か。

「おまえが大家か。おれは八百屋だ」

徳三郎が憤然とした面持ちで詰め寄った。期せずして妙な言い回しになってしまったが、

「貞世さんの家財道具と銭を返せ」

と、徳三郎は怒鳴った。義助はぽかんとした顔で徳三郎を見ていたが、

「ああ、おまえ、一昨日の八百屋か」

と、馬鹿にしたように、ふんと鼻を鳴らした。

徳三郎は義助に摑みかかろうとした。平蔵はそれを制して、義助の赤ら顔を見下ろした。

「今川町で道場をやっている、十時平蔵と申す」

義助は見知らぬ大柄な侍に言葉を詰まらせたが、

「それは、それは。で、町道場の先生があっしにどんな御用で」

と、武士に対する一応の礼とばかりにもみ手をして見せた。

義助が赤ら顔なのはおきんが言ったように、酒のせいだった。戸口から覗き見ると八畳間には徳利と盃、それに花札が転がっている。その前で胡坐をかき、盃をあ

おっているのが、権蔵であろう。

「おまえたちが貞世さんから不当に奪った品々を返してもらうため、まかり越した」

平蔵は戸口から足を踏み入れた。徳三郎も続いた。

「ちょっとお待ちを。こいつは聞き捨てなりませんな。あっしらがいつ、お貞さんの物を奪ったと」

義助が平蔵に言った。

「どうしたい」

権蔵も立ち上がり近づくと、いかつい顔を平蔵と徳三郎に向けた。

いきなり、平蔵は権蔵の頬を平手で打った。

「いて！　何しやがる！」

「返せ、貞世さんから盗っていった物を返すんだ」

平蔵は権蔵の襟首を摑んだ。

「ま、まあ、お侍さま」

義助が割って入った。平蔵はひとまず、権蔵の襟元から手を離した。権蔵は不敵な薄ら笑いを浮かべながら、

「乱暴はいけねえや」

と、畳の上に胡坐をかいた。

「お侍さま、何か勘違いをなさっておられるようですが」

義助は平蔵と徳三郎を盗み見た。

「お貞さんの家から家財道具をいただいたのは、権蔵さんへの詫《わ》び代なんですよ」

次いで義助は権蔵を見てニヤリとした。

「そうとも。こちとら、あの女に怪我させせられたんだ」

権蔵はふんぞり返った。

「ほう、怪我か」

「そうよ。おいらが路地を歩いていると、あの女がいきなり飛び出して来やがってよ、びっくりしたぜ。避ける間もねえや」

権蔵は平蔵を睨み、顔をしかめた。

「貞世さんは女だ。おまえとは身体付きが違う。おまえなんかが、あんな小柄な人にぶつかられても屁でもないと思うがな」

九

「ところが、こちとら見かけによらず、か弱い男なんでさあ」

権蔵は義助と顔を見合わせ、げらげらと笑った。

「それにしては、おれが平手をかましたり、襟首を摑んでも平気だったではないか」

「そいつは、そう見えただけでさあ。何ならあのアマに怪我させられた証拠、見せやしょうか」

権蔵は着物をもろ肌脱ぎになり、尻っぱしょりした。背中一面に般若《はんにゃ》の彫り物が施してある。その般若の目の辺りに絆創膏が貼られていた。

「ご大層な彫り物ではないか。この彫り物を施すことに比べたら、こんな怪我、何ということはないだろう」

平蔵は絆創膏を剝がした。釘で引っかいたような傷がある。とても転んでできる傷ではない。明らかに、因縁をつけるために釘で引っかいたのだろう。傷のある場所が背中であることから、義助が手助けしたに違いない。

平蔵は絆創膏を貼り直すと、ぽんと軽く叩いた。

「いてて、旦那、乱暴はよしとくんなさいよ」

権蔵は苦笑し着物をはおった。

「ね、お侍さま。お分かりいただけたでしょうか」

義助はにんまりした。

平蔵は徳三郎に耳打ちした。今度は徳三郎がにんまりとした。

「分かった。たしかに、権蔵は怪我をしておる」

「お分かりいただけたようで」

義助が言うと権蔵は、

「こいつが一番の薬ですよ」

と、徳利を右手で持ち上げてみせた。

「なら、おれがもっといい薬をやろう」

「ほう、お侍さま、そいつはありがたく」

「先生」

徳三郎が小さな紙包みを持って来た。

「権蔵、もう一度傷を見せてくれ」

平蔵は権蔵の返事を待たず着物を脱がした。

「旦那、そんなことなさらねえで下さい」

権蔵は身をよじった。

「遠慮致すな」

平蔵は権蔵の背中から絆創膏を引き剝がすと、徳三郎が持って来た紙包みをこすり付けた。

「どうだ、効くであろう」

平蔵は陽気な声を上げた。

「いてえ！　いてて、いて！」

権蔵は徳利を落とし、顔を茹で蛸のように真っ赤にすると、のたうち回った。

「どうした！」

義助は腰を浮かせ、目を白黒させた。

「ちと、薬が効きすぎたかな」

平蔵が言うと、徳三郎がげらげらと笑った。

「お侍さま、どんな薬を塗りなさったんで」

義助は顔を歪ませた。

平蔵は「唐辛子だ」と、ニヤリとした。おきんの家で唐辛子をもらって来るよう、徳三郎に耳打ちしたのだ。

「ご冗談がすぎましょう」

義助は目に暗い光を宿らせた。

「ふん、それはこっちの台詞だ。何が突き飛ばされた怪我だ。明らかに釘で引っかいた怪我ではないか」

平蔵は徳三郎を促し立ち上がると、

「身の回りの品は、いっさいがっさい返してもらおう。それと……」

のたうち回る権蔵の懐から財布を取り出し、徳三郎の一昨日の売りだめ百文を抜き取った。

「何しやがる」

権蔵は顔を歪ませ、声を振り絞った。平蔵は無視して義助の襟元を摑んで、

「権蔵の家に案内しろ」

その時、義助が「旦那、旦那!」と二階に声を放った。二階からもぞもぞという物音がした。

「旦那、起きて下さいよ」

義助の催促でよれよれの小袖に袴、月代と髭が伸び放題という浪人風の男が下り

て来た。

「順次郎！」

平蔵は思わず目を見開き、義助から手を放した。

「平蔵殿、こんな所で何を……」

順次郎はうめいた。

「旦那方、お知り合いですか」

思わぬ展開に、義助はにんまりした。徳三郎は目をぱちぱち瞬いている。権蔵は痛みが引かないのか、畳にうつ伏せになったまま唸っていた。

「おまえこそ、何をしておるのだ」

平蔵は今度は順次郎の襟元を摑んで路地に引きずり出した。徳三郎も続いた。

「何をしておるのだ」

平蔵は改めて問い詰めた。

「用心棒でござる」

順次郎は平蔵の手を振り解いた。

「用心棒だと……」

「そうです。義助に用心棒として雇われました。食い詰めた負け犬の成れの果てでござる」

「おまえ、あのような者の用心棒となって恥ずかしくはないのか」

「ですから、わたしめは犬。もはや、武士ではござらん」

順次郎は卑屈な笑いを浮かべた。

「さあ旦那、この人たちを追っ払って下さいな」

義助も出て来た。

十

「平蔵殿、勘弁して下され」

順次郎は抜刀した。

「この、くされ童子《わらす》！」

仕方なく平蔵も抜刀する。長屋の女房連中が引き戸から顔だけを出し、食い入るように見つめていた。

順次郎は平蔵に向かって斬り込んで来た。

下段から切り上げられた平蔵の刀は、順次郎の刀を秋空に跳ね上げる。

女房連中は刀を追い、空を見上げた。

順次郎の刀が路地の溝板に突き立つ。

その時には、すでに順次郎の身体も溝板に横たわっていた。

平蔵は峰を返している。

義助は部屋に引っ込むと、戸をぴしゃりと閉めた。

徳三郎が開けようとしたが、心張り棒が立てかけられ、びくともしない。

「くそ、開けろ、卑怯《ひきょう》もん」

徳三郎は戸を叩いた。中から返事はない。

「おい、行くぞ」

平蔵は徳三郎の肩を叩いた。

「でも、権蔵の家を訊かないと」

「おきんに訊けばいい」

平蔵はおきんの家に向かった。おきんは平蔵に駆け寄り、

「よくやってくれましたよ」

と、権蔵の家に案内した。権蔵の家は棟割長屋の真ん中にあった。平蔵と徳三郎は、戸を開けた。板の間の隅に家財道具が置かれている。銭に換えようとまとめて

あるのだろう。

「念のためだ。おきんさん、貞世さんの持ち物を教えてくれ」

平蔵はおきんのほうに振り返った。

「あいよ」

おきんは平蔵の横に立った。土間から板敷きの部屋を見回す。

「かまわん、上がろう」

平蔵は雪駄のまま部屋に上がった。

「そうだよ、かまやしないわ」

おきんも嬉々とした顔で雪駄のまま、上がり框《かまち》に足をかけた。

「これと、これと、これも」

おきんは行灯、枕屏風、化粧道具、火鉢、米櫃、文机、硯箱、衣桁《いこう》を指差した。

それを平蔵と徳三郎が運び出し、貞世の家の前に並べていく。

「あと、これが残ってるよ」

おきんは簞笥《たんす》を指し示した。

「よし、行くぞ」

平蔵は徳三郎を促すと二人で簞笥を抱え上げ、権蔵の家を出た。

路地には未だ順次郎が倒れ伏している。義助は戸からほんの少し顔を出してこちらの様子を窺っていた。

「こら！」

徳三郎が怒鳴りつけた。義助は亀のように首を引っ込めた。

「お貞さん、開けるよ」

おきんが貞世の家の戸を開けた。貞世はやっとのことで半身を起こした。

「いいよ、寝ておいでな」

おきんは貞世の傍らに駆け寄った。貞世は平蔵と徳三郎に視線を向けた。蒼白の瓜実顔《うりざねがお》にわずかに朱が差している。いくぶんかよくなってきたようだ。

「ほら、一昨日の八百屋さんだよ」

おきんは貞世の耳元で言った。貞世の顔が綻んだ。徳三郎は頭を下げた。

「徳、さっそく、運び込むぞ」

平蔵が言うと、二人は表の家財道具を次々と家の中に運び入れた。

その間に、おきんが貞世に事情を説明した。貞世は驚きの表情を浮かべ、やがて右手で目頭を押さえた。押さえた掌から涙がこぼれてくる。

平蔵と徳三郎は、簞笥はここ、行灯はここ、というおきんの指図に従って手早く家財道具を元あった場所に置いていく。

「あの、何とお礼を申したらよいのか」

貞世は布団の上に正座すると、平蔵と徳三郎に対して畳に両手を付いた。

「この徳が、あなたのことを大層不憫《ふびん》に思ってな。それに、こいつの話を聞いて義助と権蔵という者の行状、許せんと思い参上した。礼なら徳に言ってくれ」

平蔵は徳三郎を見た。徳三郎は頭を掻きながら、「礼なんてとんでもない」と前置きして、

「おかみさん、死んじゃいけませんよ。絶対にね。ま、わたしも偉そうなことは言えた義理ではないんです。実はね、わたしもついこの間までは死のうと思ってたんですから」

徳三郎は勘当になったこと、叔父に拾われ居候しながら野菜売りを始めたこと、初めはうまくいかず困ったこと、さらには平蔵との出会いについて話した。

「ですからね、世の中捨てたもんじゃございませんよ。わたしも額に汗して働き始めて、ほんのわずかしか経っちゃいませんから、大きなことは申せませんがね、真面目に働いていれば、お天道さんは見ていて下さいますよ。きっと、いいことがあります」

徳三郎は手ぬぐいで目頭を押さえた。さらに、

「どうか、おかみさん。長屋のみなさんに助けられたお命です、大事になさって下さい。坊ちゃんのためにもね」

貞世も涙を着物の袖で拭うと、

「本当ですね。馬鹿なことをしたと思います。首を括った時は何しろ気が動転しておりました。八百屋さん、ええっと、徳さん、ですね」

貞世に訊かれ、徳三郎は、はにかんだようにうつむいた。

「徳さんに申しわけなくって。お弁当をいただいたうえに大事な売りだめまでいただいてはあまりにも、申しわけないと。しかも、その大事な売りだめをあのやくざ者と大家に奪われてしまいました。情けないやら、徳さんに申しわけないやらで」

貞世は泣き崩れた。

「まあ、お貞さん、こうして取り返して下さったんだから、よかったじゃないの」

おきんの頰も涙で濡れている。

「それからな、これを」

平蔵は徳三郎に銭百文を渡した。

「おかみさん、改めて受け取って下さい」

徳三郎は百文を貞世の前に置いた。貞世は首を横に振る。

「おかみさんは、お武家さまの出だ。わたしのような者から施しは受けられないというお気持ちは、よく分かります」

徳三郎の言葉に貞世は黙ってうつむいている。

「でもね、そこを曲げて受け取っていただきたいんです。これはね、何も同情ばっかりじゃないんです。御主人に出て行かれ、失礼ながら暮らしぶりは決して楽ではないでしょうに、わたしのような棒手振りにまで優しいお言葉や、笑顔を向けて下さったおかみさんに感謝しているんです。おかみさんと出会って、商いの喜びというものを教わった気がします。商人《あきんど》の喜びはお客さまの笑顔だって、そう、気づかせて下すったんです」

潤《うる》んではいたが、徳三郎は真摯《しんし》な目で貞世を見つめた。

「お貞さん、病気見舞いと思いなよ」

おきんはわざと陽気に言った。貞世はようやく、頂戴しますと、徳三郎に笑顔を向けた。

「徳よ、おまえ、日に日に商人らしくなるな。それに逞しくなっておるぞ」

ふと、平蔵の脳裏に利用の顔が浮かんだ。

（そうだ、殿も日に日に逞しくなられる）

十一

「ごめんよ」

義助の小太りの身体が戸口に現れた。日差しを受け、短い影を土間に落としている。

「何だ、入って来るな」

徳三郎が怒鳴った。

「おまえなんかに用はねえ、旦那」

義助は振り返った。

男が二人、義助の後ろに立った。小銀杏に結った髷、格子模様の小袖を着流し、巻き羽織といった格好からして、一人は町方の同心であろう。もう一人は縦縞の小袖を尻はしょりにして、股引を穿いていることから、同心の小者であるに違いない。

「御用である」

同心は十手を振りかざし、入って来た。

「南町奉行所定町廻り同心、井上菊次郎だ。観念致せ」

井上は上がり框まで来て怒鳴った。

「どういうこってす？」

徳三郎は井上の前に立った。井上は、「峰吉」と小者に目配せした。

「神妙にしろい」

峰吉は徳三郎に縄を打とうとした。

「待て」

平蔵が徳三郎の前に立ちはだかった。井上が平蔵を睨みつける。義助は後ろから背を伸ばし、井上の耳元で囁いた。平蔵のことを説明しているようだ。

「今川町にある十時道場の道場主で十時平蔵と申す。井上殿に申し上げる。これはいかなる咎《とが》であるのか」

井上は平蔵を睨み据えた。

「その方ども、この長屋の住人権蔵の家から身の回りの品を盗み、さらには権蔵から銭百文を奪ったであろう。この盗人めが」

「言いがかりだよ」

おきんが駆け寄って来た。

「この品や銭はお貞さんのもんだったんですよ。それを権蔵が大家と組んで言いがかりをつけて、奪っていったんじゃないか」

おきんは身体を震わせた。

「何を言いやがる」

権蔵が入ってきた。権蔵は平蔵と徳三郎から乱暴を受けたことを訴えた。

「これを見なさいな」

義助は一通の書き付けを平蔵に見せた。そこには、貞世が権蔵を怪我させた詫びに銭百文と権蔵が望む家財道具を渡すことが記されていた。

「ちゃんと、お貞さんの爪印も捺《お》してあるよ」

権蔵は人差し指で爪印を何度も指し示した。

「待って、ちょっと見せて下さい」

貞世は這うようにして布団から抜け出て来た。

「わたくし、このような物を書いた覚えはございません」

「覚えはございません、だって、あんたの爪印が捺してあるじゃねえか」

権蔵はからかうような笑みを浮かべ、貞世を見た。

「わたくしは、大家さんから権蔵さんへのお詫び状を書くように、言われただけでございます」

貞世は書き付けを指し示した。

「ああそうだ。長屋の借家人同志の揉め事の仲裁をすることは、大家の務めですからね」

義助が言うと、

「ですが、お詫びに銭百文と身の回りの品を権蔵さんへ譲る、などと書いた覚えはございません」

貞世は井上に訴えかけた。井上はそっぽを向いている。

「ちょっと待て」

平蔵は書き付けを覗き込み、詫びの文面と銭百文と家財道具を譲るという文面の筆跡の違いを指摘した。

「それは、わたしが書きました」

義助は平然と返した。

「権蔵の名前もおまえが書いたのか」

平蔵は権蔵の署名を指差した。

「へへっ、あっしはお恥ずかしいことに字は書けやせんからね。大家さんに代筆願いやした」

権蔵は頭を掻いた。

「権蔵の名を代筆したのは分かるが、銭百文や家財道具を譲ることまでおまえが書いたのはどういうことだ」

平蔵は書き付けを義助に突きつけた。

「ああ、それですか。お貞さんからね、大家さんに任せますって、頼まれましたからね。さっきも言ったように長屋の住人同士の揉め事を仲裁するのは、大家の仕事ですから。わたしが怪我を負わされた権蔵さんの望みを聞いて書きました」

義助は平然としている。

「だからって、勝手に書いていいわけはないであろう」

平蔵は義助に詰め寄った。義助は「井上さま」と同心の背中に隠れた。

「もうよい。話は大番屋で聞こう」

井上は十手を取り出した。その時、

「拙者も一緒に行こう」

小野順次郎が姿を見せた。ようやく気がついたようだ。平蔵は思わず身構えた。

「旦那、それには及びませんよ」

義助は順次郎の着物の袖を摑んだ。

「いや、同道致す」

順次郎は義助の腕を乱暴に振り解いた。その所作に、義助は目を剝いた。

「拙者、元盛岡藩士小野順次郎と申す。本年四月に津軽寧親さまの御行列を襲撃せんとした、相馬大作の一味、いや、相馬を寝返り、津軽藩に内通した裏切り者だ。が、企てに加わっていたことは、紛れもない事実。天下の大罪人である。いざ、召し取るがよい」

順次郎は腰の大小を抜き、路地に放り投げた。

予想外の展開に井上ばかりか、義助も権蔵も、そして平蔵も口をつぐんだ。

「この者には拙者の素性を明かしたうえで、用心棒に雇われた。さあ召し取れ、天下の大罪人だ。義助、観念しろ。わしがおまえの罪状、洗いざらい申し立ててやる。共に、獄門台に上がろうぞ」

順次郎は義助を見据え、しまりのない大声で笑った。こうなると、井上も放ってはおけない。もはや、長屋の揉め事どころの話ではないのだ。井上は戸惑いの表情を浮かべながら、順次郎に縄を打った。

順次郎は、「平蔵殿、わしは薄汚い犬だ」と卑屈な笑いを浮かべた。

十二

十日が過ぎた。

木枯らしが庭の落ち葉を舞い散らせる晩、平蔵は居間でくつろいでいた。

「結局、順次郎という大罪人の吟味《ぎんみ》を南町奉行所が行う中で、義助や権蔵の罪状も明らかになったとさ。銀の字が教えてくれたんだがな」

平蔵は春菜の膝枕の上で言った。

「永田屋さんは、そんな悪党をよく大家なんかに雇いましたね」

春菜は平蔵の耳を掻きながら訊いた。

「義助は元々、権蔵と同じやくざ者でな。永田屋の主人を権蔵と組んで美人局《つつもたせ》にかけたんだ。で、それをネタに永田屋の主人を脅し、義助は大家の地位を得た。同心の井上も義助から袖の下をもらっていたそうだ」

「でもよかったですね、徳さん」

春菜が言ったように、徳三郎は奉行所から貞世を助けた一件で褒美《ほうび》をもらった。

さらには勘当が許され、家に戻ることができた。貞世のほうは裁縫の仕事を再開できるまでに病が癒えた。

「あいつは、いい商人になるだろう」

平蔵は耳掃除はもういいと起き上がった。

順次郎は小伝馬の牢に入れられたが、舌を嚙み切り自害した。相馬大作こと、下斗米秀之進を裏切ったことへの罪滅ぼしなのか、義助や権蔵の罪状を立証するための証言は積極的に行ったが、秀之進や仲間のことはいっさい語らなかった。

ただひと言、

「相馬大作の行いは、義挙である。自分は、薄汚い犬でござるよ」

と、だけ言い残したという。

(順次郎、仏になってまでも自分を責めるなよ)

平蔵は大きく息を吐いた。

第三話
初恋は木枯らしと去りぬ——先勝

一

木枯らしが仙台堀を吹き抜けていく。

荷舟を操る船頭たちの舟歌も寒気に震えていた。

「ああ寒い」

春菜は、かじかんだ両手に息を吹きかけながら稲荷の鳥居を潜った。手には榊《さかき》とお神酒を持っている。祠に向かう途中、足元で霜が踏みしめられる足音がした。

「お稲荷さん、どうか大勢の門弟をお授《さず》け下さい。それと、よいことがありますように」

春菜は寒さに負けまいと両手を打った。

「ふ～う」

白い息を吐きながら稲荷を出る。

(月日が経つのって早いわ。もう十月も終わる)

春菜は気合いを入れるようにぽんと胸を打った。

「頼もう！」

十時道場の玄関で怒鳴り声がした。

「何でい、何でい！」

銀次が玄関に足を向けた。

灰色の小袖に黒の裁っ着け袴、深編み笠という武芸者然とした侍が立っている。背嚢《はいのう》を背負い、着物が埃《ほこり》にまみれていることから旅の途中であろう。

（道場破りか。路銀でも稼ぎに来たのだろうか）

銀次は横柄にそっくり返った。

「何だね」

「一手御指南を願いたい」

武芸者は深編み笠を脱いだ。日に焼けた面長の顔が現れた。肩まで垂れた黒髪を束髪に結っている。歳は四十路に入ったところか。

「拙者、中西派一刀流免許皆伝、杉田伝九郎と申す。道場主十時平蔵殿にぜひ一手御指南を願いたい」

伝九郎は銀次に鋭い眼光を向けた。銀次は射すくめられるような視線を受けながらも、

「あいにくだが、先生はお留守だ」

銀次はいっそう胸を反らした。

「試合ではない。稽古を願いたい」

「だから、先生は本当に留守だ。居留守じゃねえぜ」

銀次が止める間もなく、伝九郎は草鞋を脱ぐと道場に入って行った。

「ちょっと、待ちなせえって」

銀次は、伝九郎の袖を摑もうと右手を伸ばしたが、するりとかわされた。

「頼もう！」

伝九郎はずかずかと稽古場に足を踏み入れた。

竹刀で打ち合っていた門人が手を休め、視線を向けた。

「何事でござるか」

郷助が伝九郎を見た。

伝九郎は名乗り、「ぜひ一手御指南を」と、再び声を張り上げた。

「拙者は、当道場の師範代で三田村郷助と申します。あいにくですが、先生はお留守にございます」

伝九郎は郷助の丁寧な口調を、分かっており申すと遮り、背嚢と大小、深編み笠を板敷きに置いた。

「されば、師範代殿に御指南願えまいか」

「お内儀、大変だ」

銀次は庭から母屋に向かって声を放った。

春菜は縁側で雑巾がけをしていた手を止め、銀次を見た。

「道場破りだ」

銀次は縁側に腰かけた。春菜は姉さん被りにした手ぬぐいを脱ぎ、「相手はどんな男？」と、訊いた。

「歳の頃は四十くらいの浪人者だね。旅の途中らしく薄汚れた感じでさ」

「強そう？」

「さあ、中西派一刀流免許皆伝、なんて名乗ってましたがね。ありゃあ、こいつは同門だぜ。そんなこたぁ、ま、いいや。先生は出稽古ですかい？」

「もうそろそろ帰る頃合だけど」

時刻は、昼七つ（午後四時）を少し過ぎている。

「とにかく、いくらか金を摑ませて追っ払ったほうがいいですぜ」

銀次は立ち上がった。

「三田村さんなら負けることはないわよ」

春菜も立った。

「そりゃそうでしょうが。先生の留守中に無断で試合することはまずいんじゃありやせんか。先代も、無断で門人が試合することをお許しになりませんでしたぜ」

銀次は顔をしかめた。

「分かってますって。で、いくらくらい出せばいい」

今度は、春菜が顔をしかめた。

「一両もやれば喜んで帰りますよ」

「でも、味をしめてまたやって来ない？」

春菜は思案するようにうつむくと、

「一両あげてもいいけど、これっきりにしないとね。十時道場は強いぞって教えてあげて。だからさ、試合じゃなくって稽古だとか言ってさ……」

と、浪人者を少々懲らしめるよう銀次に耳打ちした。

父新十郎が道場主であった時も、道場破りに対してこのような応対をしていたのだ。

「分かりやした。三田村さんに言ってきます」

銀次は道場に向かって駆け出した。

銀次が道場に入って行くと、伝九郎は板敷きの真ん中で正座していた。その前に三田村が仁王立ちとなっている。それを門人たちは遠巻きにして眺めていた。

銀次は三田村を板敷きの片隅に呼び、「お内儀が」と、春菜から受けた指示を告げた。

郷助はうなずくと、

「では杉田殿、一手御指南申し上げよう」

伝九郎のほうに向き直った。

「よろしく、願う」

伝九郎は竹刀を借り受けると、面、籠手、胴を手早く身につけていく。

郷助も同じように面、籠手、胴を身につけると、板敷きの真ん中に立った。

「いざ、杉田殿」

二

二人の剣客が対峙し、まさに竹刀を合わせようとした時、

「おいおい、何やってるんだ」

突然、平蔵が道場に入って来た。

「先生」

郷助は竹刀を下ろした。伝九郎も静かに竹刀を左手に持ちかえて、平蔵に視線を向けてきた。

「十時平蔵殿ですな」

伝九郎の丁寧な物言いに、

「いかにも」

平蔵は悠然とうなずいた。

「中西派一刀流免許皆伝、杉田伝九郎と申す。本日……」

伝九郎が語り始めた時、

「要するに道場破りに来たんだろ、あんた」

平蔵は左の耳たぶをさわりながら言った。

「道場破りとは心外じゃ。拙者、十時殿の御指南をいただきたく、まかり越した。じゃが、師範代殿が十時殿はご不在と申されたゆえ、やむなく師範代殿と稽古を致すことになった次第」

伝九郎は郷助を見据えた。郷助はうつむいた。

「おれと勝負したいのだろ」

平蔵は快活に言い放った。

「いかにも」

伝九郎は胸を張った。

「いいよ。勝負してやるよ」

平蔵は郷助から竹刀を受け取った。

「防具は」

伝九郎は静かに訊いた。

「いらん」

平蔵はからかうように笑顔をつくった。

「拙者を愚弄するのか」

平蔵と伝九郎は板敷きの真ん中で対峙した。

「あら、あなた帰っていらしたの」

春菜が顔を覗かせた。気になってやって来たのだ。

「ああ、道場破りを退治するところだ」

平蔵は伝九郎に竹刀を向けながら言った。

「ははは っ」

突然、伝九郎が腹を抱えて笑い出した。平蔵と春菜は顔を見合わせた。

「春菜、よい婿を取ったのう」

伝九郎は春菜に近づいた。春菜はとっさに平蔵の背中に隠れたが、

「あっ！　叔父さま、ねえ、そうでしょ。伝九郎叔父さまよね」

相手が誰か分かると、目と口を大きく開け、平蔵を横に押しやった。

「そうじゃ。思い出したか」

伝九郎は何度もうなずいた。

「まあ、叔父さま、どうしたの」

先ほどとはうってかわって春菜はにこやかに言ったかと思うと、たちまち涙を滲ませ、懐かしいを連発した。そして伝九郎を導き、母屋に戻って行った。

「あれ、どうなったんです？」

銀次が平蔵に近づいてきた。

「あの浪人者、お内儀と一緒に行っちゃいましたぜ」

銀次は春菜たちを目で追っている。

「さあな」

平蔵は竹刀を置いた。

「さては、お内儀のお情けで銭を貰いに行ったんですね」

銀次は得意のひとり合点をした。

「違うよ。情けじゃなくてもてなしを受けているんだよ。見てみろ」

平蔵が言うと、母屋から春菜と伝九郎の和やかな笑い声が訊こえてきた。

「どういうこって？」

銀次は問いかけたが、

「さあ」

平蔵も不思議そうな顔つきを返すのみだった。

「叔父さまは父上の剣友なのです」

春菜は改めて平蔵に伝九郎を紹介した。

「いや、新十郎殿は兄弟子じゃ」

杉田伝九郎は春菜の父新十郎と中西道場で剣術修業をした仲だった。十歳若かった伝九郎は、新十郎を兄のように慕っていた。新十郎は免許皆伝となったことをきっかけに深川で道場を開いた。その時、伝九郎は道場に住み込んで門人たちの指導に当たってくれた。

当時、新十郎三十五歳、伝九郎二十五歳、春菜は九歳だった。

春菜は幼くして母を亡くしていた。父一人娘一人で暮らしていた春菜にとって、伝九郎は歳の離れた兄のようであった。伝九郎も幼い春菜を可愛がってくれた。

いつしか五年が過ぎ、伝九郎は道場を離れることになった。自分独自の剣を極めたいと、回国修行の旅に出る決意をしたのだ。

手足のかじかむような冬の朝、道場を出て行く伝九郎の背中を、春菜は眺め続けた。胸が張り裂けそうな思いだった。

「どれ、新十郎殿に挨拶してくるか」

伝九郎は仏間に向かった。仏間は母屋の一番奥にある。

伝九郎が仏間で手を合わせている間、春菜は平蔵にあれこれと思い出話を語った。語っている時の春菜は乙女のようだった。

「おじさま、旅の垢《あか》を落として下さいね」

居間に入って来た伝九郎に春菜は風呂を勧めた。

「主殿《あるじ》が先であろう」

「いや客人が先だ。春菜、ご案内しなさい」

平蔵はにこやかに言った。春菜は平蔵に頭を下げると、いそいそとした態度で母屋の裏手に設けられた湯殿に伝九郎を導いた。

(浮かれおって)

平蔵は何だか面白くない。居間に片づけに戻ってきた春菜は平蔵に、

「あら、お稽古なさらなくてよろしいのですか」

というひと言を残し台所へ行き、夕餉の仕度を始めた。平蔵は一人居間に残された。平蔵の耳に、湯殿からは伝九郎の、台所からは春菜の鼻歌が訊こえてきた。

「ふん、道場にでも行くか」

平蔵は春菜の浮かれように舌打ちすると、道場に足を向けた。早めに帰り支度を整えていた銀次は、引っ立てられるように道場に戻された。

三

「えらく豪勢だな」

平蔵は少々皮肉な笑みを浮かべ、ずらりと並んだ料理を眺めた。鰻の蒲焼き、天麩羅、雉《きじ》焼き、それに、

「おいおい、何の祝いだ」

平蔵が苦笑したように、鯛の尾頭付きまでが並んでいる。

「それは叔父さまが帰って来て下さったことですよ」

春菜は当然と言わんばかりの笑顔を平蔵に返した。平蔵は、ふんと横を向いた。

「それにしても、これはちとご馳走すぎぬか」

伝九郎が小ざっぱりとした小袖に着替え居間に入って来た。

「ああ、それ……」

平蔵が思わず口走ったように、

「春菜が用意してくれたのだが、平蔵殿の小袖であったか」

伝九郎は軽く頭を下げた。

「よかったですわ。叔父さまと旦那さまの背丈が同じくらいで」

春菜は悪びれもせず言った。

「春菜、明日からは常と変わらぬ食べ物でいいぞ」

伝九郎は春菜の酌を受けながら言った。

「明日からは……って」

平蔵は、

（いつまでいる気だ。まさか居座るつもりじゃなかろうな）

思わず顔をしかめた。

「その、杉田殿は当家にしばらく逗留いただけるのかな」

平蔵も盃を差し出した。それに、

「しばらくの間、厄介になり申す」

伝九郎が酌をした。

「実はね、旦那さま。叔父さまは、とってもいいお話を持ってらしたのよ」

春菜は小皿に鯛の切り身を取り分け、伝九郎の前に置いた。平蔵は視線を伝九郎に向けた。

「仕官の口じゃ」

伝九郎はぽつりと言った。

「仕官?」

平蔵は春菜を見た。

「叔父さまは、遠州磐田《いわた》の御城主である松山伊予守さまの剣術御指南役をなさっておられるのです」

「拙者、回国修行の果て、三年前の秋、磐田の地を訪れ、松山藩の大番頭、鈴木孫太夫殿の知遇を得た。鈴木殿の推挙で御当主、伊予守氏則さまの剣術御指南をお任せいただいた次第」

伝九郎は盃をあおった。春菜が酌をしようとするのを断ると手酌で盃に酒を満たし、

「今度江戸に出府してまいったのは、お世継ぎ万千代君の剣術御指南役を探すことが目的。万千代君は江戸の藩邸にあって御歳十歳になられている。ついては、若君の御指南役をゆかりの十時道場から推挙致したく、まかり越した」

伝九郎は悠々と飲み干した。

「ね、いいお話でしょ」

春菜は平蔵の膝を打った。

「なるほど」

平蔵もうなずく。

「ですので平蔵殿、門弟の中からどなたか、ぜひともご推挙下され」

伝九郎は平蔵に酌をした。

「そういう話なら大歓迎でござる」

平蔵の顔にようやく笑顔が浮かんだ。

「さて、どなたがよろしいのでしょうね」

「ふむ。そうさな」

平蔵は二人の門弟の名を挙げた。川田京太郎《かわだきょうたろう》と双葉兵庫助《ふたばひょうごのすけ》である。どちらも剣の腕は師範代の三田村郷助に劣らない。

川田は相州浪人で四十二歳。妻と息子一人を抱えている。妻の裁縫の内職と自身の日雇いの仕事で糊口を凌ぎ、仕官の口を探していた。人柄は朴訥《ぼくとつ》、不器用を絵に描いたような男だ。

双葉は上州浪人で二十三歳。ひとり身である。ひたすら剣の道を追い求める男だ。本人は自分の暮らしぶりを話したがらないが、噂では用心棒をしながら生計を立てているらしい。用心棒を行うことにより、実戦の勘を養えるから一挙両得だとか。

二人の剣はその性格を表すように、川田が受けを得意とするのに対し、双葉のそれは、攻撃は最大の防御とばかりにひたすら打ちまくる剣である。

十歳の若君に剣の手ほどきをするとなると、

(やはり川田か。されど、あの不器用さでは)

平蔵はかつての吉次郎への指南を思い出した。当時、吉次郎も十歳だった。奇《く》しくも平蔵は双葉と同じ二十三歳だった。妥協を許さない平蔵は、たとえ若君といえども遠慮なく指南を行った。それが不興を買い、浪人する羽目となったのだ。

(川田も不器用なら、双葉も融通がきかんし)

平蔵は楽しげに談笑を交わす春菜と伝九郎をよそに思い悩んだ。

翌日、稽古にやって来た郷助を平蔵は板敷きの隅に呼んだ。

「実は、杉田伝九郎殿だがな」

平蔵は伝九郎の素性、道場にやって来た目的を語った。

「そうでしたか。いや、ただならぬ御仁とは思ったのですがね」

郷助は感心してから、

「先生が申されるように、当道場から推挙するとなると、川田殿か双葉殿ということになりますな」

と、真面目な顔で答えた。

「どっちがいいと思う？」

平蔵は唇を嚙み締めた。

「さあて。いっそのこと、両人に事情を話し勝負をさせては、いかがです」

郷助は事もなげに言った。

「剣の腕だけで決めることができるのならそれでもかまわんが、若君の剣術指南となると」

平蔵はしばらく顎を撫でていたが、

「いや、勝負はよくない。それでは、遺恨が残るだろう」

「ならば、どのようになさるのです？」

郷助の問いかけに、

「分からん」

平蔵はそう言い放ってから、

「とにかく稽古だ。稽古」

と、郷助の肩を叩いた。

四

次の朝早く、平蔵は盛岡藩下屋敷にいた。

言うまでもなく当主利用《としもち》の剣術指南である。利用は平蔵が与えた課題、船上の素振りを見事に成し遂げたようだ。

「平蔵に見せるぞ」

利用は嬉々とした動作で池の桟橋に舫ってある小舟に乗り込んだ。初めて平蔵に連れられ乗った時のぎこちなさとは、別人のような軽やかな所作だ。平蔵はそれを見ただけで、利用の修練のほどを理解した。

池のほとりに控える江戸家老渡瀬喜三郎も小姓たちも安心して見ている。

利用は小舟を操り、池の真ん中まで進めた。

空は暗く厚い雲が広がっている。今にも雨が降ってきそうだ。このため、平蔵は日延べを申し出た。が、将軍家斉への拝謁までもう日がない、という利用のたっての希望で指南が行われることになったのだ。十月も今日で終わりである。拝謁は、来月の十五日だ。

利用は小舟の上に立った。さざ波が小舟を揺らす。真っ白い胴着に濃紺の袴、手には長大な木刀を持った利用の姿は、若武者の風格を漂わせていた。

「もつかのう」

喜三郎は曇天を見上げた。

利用は平蔵に莞爾《かんじ》として笑うと、木刀を大上段に構えた。

「えい！」

平蔵たちにまで届く鋭い気合いとともに木刀を振り下ろした。

利用の身体は微動だにしない。

小舟はさざ波に揺らされるだけだ。

利用は素振りを繰り返した。木刀が空気を切り裂く音が聞こえてくる。

「お見事！」

平蔵は思わず叫んだ。喜三郎も小姓たちも顔を見合わせ、口々に賞賛の言葉を発した。

利用はそんな賞賛に惑わされることなく、一心不乱に木刀を振り続ける。

その時、曇天の空から大粒の雨が落ちてきた。あっという間に豪雨となり、強風が押し寄せる。

「殿、お戻りを」

喜三郎と小姓が桟橋から声をかけた。

雷鳴が轟いた。

利用を乗せた小舟は、大海に漂う落ち葉のように激しく揺れている。

「殿！」

小姓たちが悲鳴を上げた。小舟が転覆し、利用が池に放り出されたのだ。

平蔵は素早く着物を脱ぎ捨てると、池に身を躍らせた。

喜三郎の悲痛な声を背中に、平蔵は一直線に利用を目がけて泳ぐ。

「平蔵、頼む」

利用は沈みかけている小舟の縁を手で掴み、かろうじて顔を池面の上に出している。もがきながらも落ち着いた表情だった。

「さあ、殿」

平蔵は利用の背後から顎に手を回し入れ、ゆっくりと桟橋に向かって泳いだ。利用は取り乱すことなく平蔵に身を委ねている。豪雨で針の山のようになった池の面を、平蔵は利用を連れ、桟橋まで泳ぎ着いた。

「殿、大事はありませぬか」

喜三郎と小姓たちが濡《ぬ》れ鼠《ねずみ》になりながら利用に駆け寄った。

「心配致すな」

利用は寒さに震えながらも笑みを浮かべた。

「お召し替えを」

小姓の声に、

「そちも一緒にまいれ」

利用は平蔵とともに池のほとりに設けられている道具小屋に入った。

利用は小屋に入るなり、着物を脱いだ。小姓が利用と平蔵の着替えを取りに御殿に向かった。「みなも着替えてまいれ」という利用の言葉で、喜三郎たちも御殿に戻った。小屋には利用と平蔵の二人きりである。

「殿、よくぞご精進なされましたな。これにて鉄瓶割りは成就できます。あとはお気持ちだけ」

平蔵は笑顔を向けた。

「うむ。そちに感謝するぞ」

利用も笑顔を返した。

「小舟がひっくり返った時は肝を冷やしましたぞ」

「そうか、余は平気だった」

「水練が得意でござりましたか」

「いや、平蔵が必ずや助けてくれると思った」

「わたくしめが……」

「忘れたか。幼き頃、北上川で溺れた余を平蔵は助けてくれた。溺れて取り乱している余を、落ち着きなされと、今日のように顋を摑み、岸まで運んでくれたではないか。その時の平蔵の逞しい二の腕、忘れてはおらぬ。そちの二の腕に抱かれると、不思議と気分が落ち着いた。だから、今日も安心してそちに身を委ねた。懐かしい思い出に浸りながらな」

利用は親しみのこもった笑顔を平蔵に向けた。

(どういうことだ……)

利用の晴ればれとした笑顔とは裏腹に、平蔵の胸中には今日の曇天のような雲が重く垂れ込めた。が、それを表情には出さず、「身に余るお言葉です」と、頭を垂れた。

小姓が利用と平蔵の着替えを持って来た。着替え終わると、

「さっそく、鉄瓶割りを試みたい」

利用の希望により道場で鉄瓶割りが行われることになった。

道場の真ん中に白布がかけられた横長床机が置かれる。その上に黒光りする鉄瓶が乗っていた。

「では」

利用、喜三郎、小姓たちが見守る中、平蔵は大刀を抜き大上段に構えた。

平蔵の刀が振り下ろされ、鉄瓶は真っ二つになった。気合すら入れず、まるで西瓜でも割るような静かな動作だった。

「よし」

平蔵と代わり、利用が鉄瓶の前に立った。

「たあ！」

鋭い気合いとともに利用は刀を振り下ろした。が、鉄瓶は割れない。

「殿、ご自分の修練と技を信じるのです。力に頼ってはなりません」

利用は肩の力を抜くように大きく息を吸い込む。再び刀を大上段に構え、一気に振り下ろす。

「お見事」

鉄瓶は割れ、絶賛の声が上がった。利用に向かい、平蔵は大きくうなずいた。

半刻後、平蔵は盛岡藩下屋敷を憂かぬ顔で後にした。

(これにて一件落着とはいかぬ。今、御指南申し上げている利用さまは、本当の利用さまではない。北上川でお助けしたのは、殿ではない。第一、若様は江戸表で育てられていよう)

では、あのお方は……。

平蔵の脳裏に鉄瓶割りを成功させた利用の笑顔が浮かんだ。

五

平蔵が道場に戻ってみると、

「先生、ちょっと」

待ち構えていたように郷助が迎えた。

「稽古が終わったらお話が」

郷助は玄関で囁いた。

「じゃあ、銀次の店でどうだ」

「銀次の店ですか」

郷助は迷っている風だったが、

「ああ、銀次もいたほうが何かとな、都合がよいのだ」

そう平蔵が念を押すと、ようやくうなずいた。

「よし、春菜に断りを入れてこよう」

平蔵は母屋に回った。楽しげな談笑の声がする。春菜と伝九郎である。

「あら、お帰りなさい」

平蔵が居間に入ると、春菜が満面の笑顔を向けてきた。

「ちょっとな、銀次の店に行ってくる」

「そうですか。どうぞごゆっくり」

春菜はみなを明るく送り出した。

(まったく、浮かれおって)

平蔵は郷助、銀次と連れ立ち、三好町の一富士に向かった。一富士に着くまで、ひと言も口をきかなかった。郷助も何やら悩みごとがあると見え、口を真一文字に結び、うつむき加減である。一人、銀次のみが上機嫌であった。

「けえったぜ」

銀次の威勢のいい言葉とともに平蔵たちは縄暖簾を潜った。

「お帰りなさい。先生、ようこそ。おや、お珍しい。三田村さんもどうぞ」

お勝の晴れやかな声に導かれ、三人は入れ込みの座敷に上がろうとしたが、

「二階のほうが」

銀次が言うと、二人がうなずいた。

「上だ」

銀次はお勝に声をかけ、二人を二階に誘った。

一富士の二階は、襖で仕切られた三つの小部屋から成っている。襖を取り払うと三十畳の座敷となる。このため、宴会や寄席に使われたりもする。

この日、二階の客は平蔵たちだけだった。亥ノ堀に面した小部屋に入るや、燗酒と湯豆腐が運ばれて来た。銀次は、「呼ぶまで上がってくるな」とお勝に言い含めた。

「どうした、そんなに怖い顔をして」

平蔵は郷助に尋ねた。

「ええ、その……杉田殿が持ってこられた磐田藩への仕官の件ですが」

郷助の言葉に銀次も顔をしかめた。

「若君の剣術指南役のことだな」

平蔵は確認するように口を開き、猪口を傾けた。

「川田さんと双葉さんが、先頃から険悪な雰囲気となりまして」

「何だ郷助、二人の耳にその話を入れたのか」

平蔵は目を剝いた。

「滅相もない。わたくしではありません」

郷助はうろたえたように右手を横に振った。

「杉田さんですよ」

平蔵が、誰だと問う前に銀次が答えた。

「杉田殿が」

平蔵は猪口を膳に置いた。

銀次によると、今日の昼間、平蔵が留守中に杉田が道場にやって来た。

稽古中の板敷きを見回し、

「川田氏《うじ》と双葉氏《うじ》……はどちらにおられる」

と、大声を放った。

郷助はあわてて伝九郎を板敷きの片隅に連れて行ったが、もう遅い。

川田と双葉は稽古の手を止め、伝九郎の側までやって来た。伝九郎は二人の前に進み出ると、

「拙者、松山伊予守さまの剣術御指南役杉田伝九郎でござる。当道場立ち上げの折には……」

と、改めて自己紹介した上で、

「若君御指南役を探しにまいったと仰せになられ、先生から川田さんと双葉さんを推挙された、と話されましてな」

郷助は事の次第を一部始終を語った。

「で、杉田はどうした」

平蔵は露骨に顔をしかめ、伝九郎を「杉田」と呼び捨てにした。

「それが、それだけ言うと道場を出て行かれました」

「ふん。騒動の種を蒔《ま》いたようなものだな」

平蔵は猪口を銀次に差し出した。

「それで、川田さんと双葉さんの間が険悪となりまして。それにつれ、道場全体も嫌な空気に覆われまして」

郷助は自分の責任だと言わんばかりのしおれようである。

「お前が悪いんじゃねえよ」

平蔵は郷助に慰めの言葉を投げかけ、杉田の奴と舌打ちした。

「このままじゃ、ひと騒動持ち上がりますぜ」

銀次が口を尖《とが》らせた。

「いっそのこと、二人に勝負をさせますか。それで、勝ったほうを御指南役に推挙すると」

「郷助、それはしないと申したではないか」

「しかし、事ここに至っては」

「こうなったから、余計にしないほうがいいのだ。今、勝負など行ったらどうなる。自分が仕官したい。相手を蹴落とそうと血を見ることになりかねん」

平蔵は渋面のまま言った。

「そうですね。たしかに」

郷助の表情がさらに暗くなった。銀次は黙って訊いていたが、

「そうだ！」

と、両手を打った。平蔵と郷助は思わず視線を向ける。

「くじ引きで決めたらどうです」

銀次は名案だと言わんばかりに顔を輝かせた。

「馬鹿、そんなことで決められるなら苦労はせん。引き当てられなかったほうが痛恨の念を持ち続けるだけだ」

平蔵は鼻で笑った。

「じゃ、どうしやす。このままじゃ本当に大騒動になりますぜ」

銀次はふくれっ面で平蔵を見た。

六

翌朝、稽古にやって来た川田と双葉を平蔵は居間に呼ぶことにした。

二人は緊張の面持ちで居間に入ってくると、平蔵に頭を下げ、座った。平蔵は春菜も部屋に入れず三人だけで面談した。

「すでに二人の耳に入っていることと存ずるが、磐田藩に仕官の口がある」

平蔵が切り出すと、川田と双葉は軽くうなずいた。

「本来なら、わたしの口から二人に話すべきことだった。それを話が後先になって申しわけない」

平蔵は両名に頭を下げた。

「念のために申しておく。仕官の口は磐田藩の若君の剣術御指南だ。その仕官口のことを考慮したうえで、二人の気持ちを確かめたい。まずは、川田さん」

平蔵は川田を見た。

「ぜひ、ご推挙願いますよう、お願い申し上げます」

川田は頭を下げ、小さな目を平蔵に向けてきた。それは、訴えかけるような眼差しだった。

「若君への剣術御指南は、何かと気苦労が多い。わたしも以前、盛岡藩で行っていた。このことは、以前にも話したと思うが」

平蔵は若き日に利用の剣術指南をしくじったことを改めて語った。現在、指南に行っていることは伏せておいた。川田も双葉も黙って訊いている。

「まあ、わたしの場合は若かったし、融通がきかない面を持っていたがゆえの失態ではあるが、多かれ少なかれこうした苦労は付きものであろう。そうしたことを踏まえたうえで、重ねて訊く。仕官の気持ちはいかに」

平蔵は両名に茶を飲むよう勧めた。

双葉は落ち着いた様子でひと口啜《すす》ったが、川田は茶碗に伸ばした手を止め、

「ぜひ、ご推挙下され」

と、身を乗り出し頭を深く下げ、

「拙者には妻と子がおります。何としても、仕官の口、生かしとうございます。それに、若君のお年は愚息と同じでござる。先生が仰せのご懸念は、無用と存じます」

と、さらに訴えかけた。

双葉はそんな川田を冷笑を浮かべながら見ていた。平蔵は双葉に視線を向けた。

「拙者には養うべき妻も子もござらん。が、剣の道を究めたいという望みがございます。磐田藩の若君の剣術御指南役ともなれば、歩むべき剣の道も広がるというもの。剣の道の修練のため、仕官したいと存じます」

双葉はあくまで落ち着いた口調で言った。

平蔵は茶を啜り、しばらく黙っていた。

居間を沈黙が覆い、木枯らしが障子を叩く音が寂しげに聞こえた。

「二人の存念はよく分かった」

平蔵は両名に目線を向けた。

（生活のために仕官したいという川田と、剣の修練のために仕官したいという双

葉。よくもまあ、正反対な者同士であることよ。こうなったら、勝負させるしかないかのう）

平蔵の迷いを断ち切るように、双葉の声がした。

「立ち会わせて下され」

平蔵はゆっくりと双葉を見た。

「それが一番と存じます。それがすっきりとします」

双葉が川田を見る。川田は袴を握り締めていた。

「拙者にも異論はござらん」

川田は腹の底から振り絞るような声を出した。

「あい分かった」

平蔵はおもむろに立ち上がった。

居間の様子を春菜が障子の陰から窺っていた。

春菜は川田と双葉の対立が争いに発展することを心配しており、平蔵が二人を伴い居間に入っていくと、縁側で身を潜ませていたのだ。春菜の心配が的中した。

平蔵が二人を伴い居間から出てくると、春菜は客間に入って行った。

「叔父さま、大変。何とかして」

春菜は入るなり叫んだ。

「どうした。亭主と喧嘩でもしたのか」

伝九郎は落ち着けとでも言うように手を上下に揺らした。

「そんなんじゃないの。川田さんと双葉さんが」

と、二人がこれから道場で試合することになった経緯を早口に語った。

「そうか。やはりな」

伝九郎は落ち着いている。

「そんな落ち着いている場合じゃないでしょ。一緒に来て」

春菜は伝九郎の右手を引っ張り上げた。

「まあ責任の一端はわしにもあるからな」

伝九郎は、よしよしと春菜について道場に向かった。

道場では川田と双葉が板敷きの真ん中で対峙していた。

二人の間に平蔵が立ち、両名を見た。

「よいか、先に三本を取ったほうが勝ちだ」

二人は無言でうなずいた。

道場に緊張が走った。門人たちは固唾《かたず》を呑《の》んで見守っている。

「よし、では始め！」

平蔵のかけ声とともに川田は正眼に、双葉は八双に木刀を構えた。間合いは三間ほどである。背の高い双葉の頭が抜きん出て見える。武者窓から差してきた朝日によって川田と双葉の影が板敷きに長く伸びていた。

「御免！」

伝九郎の声が、道場に張り詰められた緊張の糸を断ち切った。

平蔵も川田も双葉も、そして門人たちも伝九郎を見つめる。

「その勝負、待った」

伝九郎は大股で平蔵のほうに向かって歩いて来た。伝九郎の背後に春菜の姿がある。

「何でござるか」

平蔵は不機嫌に問いかけた。

「稽古の邪魔立てを致して申しわけござらん」

伝九郎は平蔵に頭を下げた。

「稽古ではござらん、勝負でござる」

平蔵はなおも不機嫌である。

「それは失敬。ともかくこの勝負、拙者に預からせてもらえぬか」

伝九郎は川田と双葉を見た。二人は訝しげな顔のまま、無言で立ち尽くしている。

「いや。今回の争いの種を蒔《ま》いたのは拙者だ。見過ごすわけにはいかん。平蔵殿、このまま両名が勝負したとして、遺恨が残る。そうなれば、十時道場にとっても気持ちのよいものではないであろう」

伝九郎は道場をゆっくりと見回し、平蔵のところで視線を止めた。

七

「では、杉田殿はいかにせよと申される」

平蔵は視線を返した。

「この勝負、拙者に預からせていただきたい」

「ですから、それはどういうことなのでござるか」

平蔵の口調に苛立ちが含まれた。

伝九郎に対する態度は、いつもの茫洋《ぼうよう》とした平蔵とは明らかに違う。親切心ではあるにしても、道場に争いの種を蒔《ま》いた反感と、春菜との親密さを目の当たりにした嫉妬心《しっとしん》がわいているのだ。

平蔵はそのことを十分に自覚していた。

春菜を巡って嫉妬心がわくなど、今までに経験したことがないことだった。平蔵は自分の感情が抑制できず、戸惑っている。

そんな平蔵の気持ちを見透かすように伝九郎は、ほくそ笑んだ。

「川田氏、双葉氏、いずれの方に若君の御指南役をお任せするかは、拙者が決めることに致そう」

伝九郎が川田と双葉を見た。二人はうつむいている。平蔵は伝九郎の思惑を窺うようにじっと伝九郎を見つめた。

「この仕官の口を持ち込んだ者として、かくなる事態を招いた責めを痛いほど感じておる。勝負により決することは一見公平のようであるが、勝負というものは必ず悔恨の情が残る。また、勝負によるのではなく、平蔵殿がいずれかの方を推挙なさるとしてもそれは同じこと。いずれにしても、十時道場に悔恨を残すことになる。

よって、当道場とはかかわりのない拙者が決めることに致そう」

伝九郎は明朗な声音で言った。

(そもそもこんなことになったのは、おまえが川田と双葉の耳に入れたからではないか)

平蔵は無言のまま、伝九郎を凝視し続けている。

「そうよ。それが一番よ。ねえ、川田さん、双葉さん」

平蔵の気持ちをよそに、春菜は明るい声を出した。それに便乗するように伝九郎が、

「よろしいかな。川田氏、双葉氏」

と、笑顔で両名の肩を叩いた。

川田と双葉は、はいと弱々しい声でうなずいた。

「という次第でござる」

伝九郎は勝ち誇ったような顔つきで平蔵に告げた。平蔵はたまらず、そっぽを向いた。

「では、さっそくだ。まずは川田氏から面談致そう」

伝九郎は居候している客間に川田を誘った。

「方々。お騒がせして申しわけなかった。どうぞ稽古をお続け下され」

伝九郎は朗らかな声を放つと、川田とともに道場を出た。門弟たちは、しばらくポカンとしていたが、

「さあ稽古じゃ」

という郷助のかけ声で竹刀を握り直した。

「ふん！」

平蔵は竹刀を春菜に預けると、道場を出た。

「あの、どちらへ？」

春菜はさすがに平蔵が不機嫌なことに気づいたのか、遠慮がちな声で訊いてきた。

「ちょっと出かけてくる」

平蔵のもやもやとした気持ちはなかなか鎮まらなかった。

「まあそう硬くならず、ゆるりとなされよ」

伝九郎は優しげな声音で川田を客間に入れた。

川田は紺地の胴着、袴のまま唇を噛み締め、緊張の面持ちで中に入った。伝九郎

は六ひょうたん小紋の小袖に仙台平の袴、紺の袖なし羽織という気楽な格好である。いずれも平蔵の着物だった。

「春菜、茶と茶菓子を持って来ておくれ」

伝九郎は縁側に出て声をかけると、川田の前に座った。

「川田氏はこの道場に稽古に通われて長いのかな」

「はあ、七年です」

川田は無骨な顔を引き攣《つ》らせた。これでも笑顔をつくっているようだ。

「すると、先代の新十郎先生をご存知なのですな」

「はい。よく稽古をつけていただきました」

「それはそれは」

二人はしばらく新十郎の思い出話に花を咲かせた。それが川田の緊張をほぐすことになったと見え、

「まあ、楽しそうだこと」

春菜が茶と羊羹《ようかん》を持って来た時には、川田の頬に赤みが差していた。

「ごゆっくり」

春菜は安心したような笑顔を残し出て行った。

「川田殿、お生まれは相模《さがみ》とか」

伝九郎は面談に入った。川田の顔は再び緊張が走ったが、口元には笑みがあった。

「はい。安永九年、相模は厚木の生まれでござる。荻野山中《おぎのやまなか》藩に仕官しておりました」

「すると齢《よわい》四十二ですな。拙者より二歳上でおられる。して、差し支《つか》えなくば、主家を離れられた理由《わけ》をお訊かせ下され」

伝九郎は羊羹を手にした。

「それが、その」

川田は言いにくそうにうつむいたが、やがて意を決したように顔を上げ、

「くれぐれもご内聞に願いたい」

前置きしてから語り始めた。

川田は荻野山中藩の江戸勤番をしていた。役職はお納戸役だった。川田は生来の正直者らしく、上役の不正すなわち、

「出入りの商人からの賂《まいない》を許すことができませんでした。それゆえ、その不正を正そうとしたのですが。うるさい奴と睨まれ、ついには、出入りの小間物問屋から奥

方さまがお買い上げになった箸が失くなった責めを負わされ……」

川田はその時のことが思い出されたのか、悔しげに唇を嚙み締めた。

「なるほど、誠実なお人柄が忍ばれますなあ」

伝九郎は感心したように何度もうなずいた。

浪人してからは、妻と息子を抱え、西永代町の裏長屋に住んでいるという。

「道場に通うのも己が剣の修練というより、仕官の口を探しておるというのが正直なところでござる」

川田は、まるで十時道場に通うことが悪事でもあるかのように頭を下げた。

「何も頭を下げるようなことではござらん。いや川田氏のお気持ち、お人柄、とくと分かり申した」

伝九郎は川田に羊羹と茶を勧めた。

「もはや、拙者の気持ちは決まった」

伝九郎は真摯な眼差しを川田に向けた。

八

平蔵は南部藩の上屋敷に叔父松川源之丈を訪ねた。

「おお、よく来たな」

源之丈は長屋の自室に平蔵を導いた。

「どうした不機嫌な顔で」

「いや、別にどうということはありませぬ。叔父上と一献《いっこん》傾けたくなり申した」

平蔵は手にした酒徳利を振って見せた。

「そうか。幸い今日は非番だ。朝から何をしようかと思いあぐねていたところだ」

源之丈はにんまりとすると、戸棚から茶碗を二つと皿を一つ持って来た。

「あいにくとこんな物しかないがな」

皿にはよせ豆腐が乗っていた。

よせ豆腐とは、にがりを加えた後、水を捨てずにそのまま固めて作る盛岡の名物だった。

「こりゃいい」

平蔵の顔に笑みが戻った。源之丈がきざみ葱《ねぎ》と生姜《しょうが》を加え醤油をかけると、

「いただき申す」

と、さっそく箸を伸ばした。

「う～ん、うまい。懐かしい味だ」

平蔵は目を瞑《つむ》った。大豆特有のなめらかさと甘さが口の中いっぱいに広がった。

「して、今日の用向きは何だ？　まさか、酒を飲みに来ただけではあるまい」

源之丈は茶碗酒をあおると唸った。

「実は、利用さまのことにござる。それと聖寿寺の一件」

平蔵は再び真剣な顔になった。

「ほう、聖寿寺の一件、謎解きができたと申すか」

源之丈は目を細めた。

「はい」

平蔵も茶碗酒を含むと立ち上がり長屋の外に出て、そっと辺りを見回した。よく手入れされた松が並んでいる。塵《ちり》一つ落ちていない庭の向こうに大台所の偉容が望める。快晴の空に、鳶《とび》が長閑《のどか》に舞っている平穏さだった。

隣家は留守らしく話し声も訊こえない。

平蔵は戸口に心張り棒を立てると、源之丈の前に正座した。そのただならぬ様子に源之丈の顔に緊張が走った。

「叔父上。これから拙者が申すこと、覚悟してお訊き下され。御家の一大事でござる。よろしいかな」

「相分かった」

源之丈も居ずまいを正した。

「利用さまは、私が以前にお目にかかった吉次郎君ではございませぬ」

源之丈は虚をつかれたように身体を強張《こわば》らせた。次に、平蔵が発した言葉の意味を理解しようと視線を泳がせたが、やがて平蔵の面前で止めた。

「何を申しておる？」

源之丈は平蔵の発した言葉自体の意味を理解することはできたようだが、平蔵の真意はまったく理解できないようだった。

「盛岡藩南部家の御当主は、利用さまではござらん。恐れ多くも利用さまの替え玉にござる」

平蔵はゆっくりとした口調で言った。

源之丈はまたも戸惑いの表情となり、まさかと首を左右に振った。

「では、まことの利用さまは、いかがされたのじゃ」

源之丈は目を血走らせた。

「おそらくは亡くなられたのだと存じます」

平蔵は一層声を潜めた。

「な、何と……」

源之丈はうめいた。そして、話を続けるよう平蔵に向かって無言で目配せした。

「どのような亡くなられ方をなさったのかは分かりません。が、利用さまは急逝された。それで、藩のお歴々方が今の利用さまを亡くなられた利用さまに仕立てようとされたのでしょう。利用さまはまだ十五歳、お子もおられませぬ」

当主が死に跡継ぎもないとなれば、御家断絶である。御家存続のためには、利用の死を伏せ、利用は健在であるとしなければならない。

「利用さまは未だ公方様への拝謁をすまされておられなかった。お歴々方はそれを幸いに、利用さまの替え玉を立て、御家断絶の憂き目を乗り越えようと考えられたのでしょう」

「すると、今の利用さまは？」

「南部家と無縁の方ではありますまい。お血筋の方と存じます。これはわたしの愚考にござるが、御一族の南部信浄さまの御三男善太郎君《ぜんたろうぎみ》であろう、かと」

善太郎は、幼少の頃から利用に年格好がよく似ているという評判だった。平蔵がかつて北上川で助けたのは、まさしく善太郎であった。

「う〜ん、あまりに突飛なことゆえ、いささか肝を潰したが、おまえ、何を証拠にそのようなことを」

源之丈は落ち着こうと、再び茶碗酒をぐいっとあおった。平蔵もよせ豆腐を肴に酒をぐびりとやってから、

「食べ物の好みが変わられたこと。これは賄《まかな》いの者も申しております。以前は、甘いあんこの入った大福を好まれたが、この秋頃から御手洗団子を好まれるようになった、と」

「それは、おまえが剣術御指南役に雇われし時にも話題になったが、あのくらいのお年の頃には、食べ物に限らず何かと趣向が変わられても、そんなに珍しいことではない。現に」

「そう、現にわたしも以前は嫌われておりましたからな」

そうじゃと、源之丈は大きくうなずいた。

「されど、あれほど嫌われておられたわたしを、しかも御当家を去ったわたしを召し出されたのは、やはり以前の利用さまとは思えませぬ」

「しかしのう、信じられぬな」

なおも得心が行かぬというように源之丈は首を横に振った。

「では申し上げます」

平蔵は前日の剣術の稽古中に小舟が転覆して池に投げ出された利用を平蔵が助けた経緯、その際の利用の言動について語った。源之丈の顔から血の気が引いた。

「さらに、聖寿寺の一件でござるが、あの狐面の行列は、利用さまの亡骸を運んでおったものと推察致します。そして、一夜にして建立された地蔵尊こそは、その死を公にできぬゆえ、墓を立てられぬ利用さまのための供養塔にござる」

平蔵がすべて言い終えると、源之丈の身体が震えた。

「それで、ご住職をはじめ寺の者どもは口裏を合わせ、知らぬ存ぜぬを貫き通したのか」

源之丈は天を仰いだ。

「いずれにしても、今の利用さまを身代わりに立て、御家の危機を乗り越えるべくお歴々方は奮闘されておられるのでござる。まずは、乗り越えねばならないのは」

「公方様に拝謁することだな」

源之丈が口元を引き締めた。

平蔵は大きくうなずき、利用の鉄瓶割りの成就を願った。

九

平蔵が道場に戻ったのは昼八つ（午後二時）を過ぎた時分だった。道場では何事もなかったように稽古が行われている。

「郷助、川田さんは？」

川田の姿がない。

「杉田殿と面談し、その後は道場には戻られませんでした」

「双葉も面談したのだろ」

双葉のほうは普段と変わらず、稽古に励んでいた。

「ま、いい。杉田殿はどうしてる？」

平蔵が問いかけると郷助は、

「あちらに」

往来に面した武者窓を指差した。

伝九郎と春菜が並んで外出するところだった。

（またもや、二人で——）

頭に血が上る。

「おい！　気合が足りぬぞ」

平蔵の怒鳴り声が道場内に轟いた。全員が一瞬、竹刀を持つ手を止めたが、

「だあ！」

という双葉の気合いのこもった声につられるように、みなが声を発し、稽古が続けられた。

「よし、おれもやるぞ」

平蔵は郷助相手に竹刀を合わせた。

夕暮れになり稽古を終えると、平蔵は郷助の傍らに立った。

「今日の双葉、やけに気合いが入っておったなあ」

「そうでしたな」

郷助は手ぬぐいで額をぬぐっている。

「ひょっとして、仕官の件で杉田殿からよい返事をもらったのかもな」

平蔵は稽古を終え身支度を整えている双葉を見ながら、郷助の耳元で言った。

郷助は、なるほどとうなずいた。

「すると、川田さんはだめだったのだな。稽古にも顔を出さんのはそのせいか」

平蔵が道場を見回すと、

「川田さん、ぼうっとした顔で出て行かれやしたぜ。あの杉田とかいう男と会った後でさ」

いつの間にか、銀次が横に立っていた。

「そうか……」

平蔵は川田を案じるように視線を泳がせた。

「せっかくの仕官の口ですからな。それが駄目だったとなると」

郷助も複雑な表情をした。

「失礼致します」

双葉は平蔵と郷助に一礼し立ち去ろうとした。

「おい、ちょっと」

平蔵は双葉を呼び寄せた。

「仕官の口、決まったのか」

「いいえ」

双葉はそれだけ告げて踵を返したが、すぐに振り向き、

「おそらくわたくしではありませぬ」

と足早に出て行った。平蔵と郷助、銀次は顔を見合わせて首を捻った。

夕餉の席で、

「杉田殿、仕官の一件、いかがなりました」

平蔵が訊いた。

「うむ。ご両名ともに、なかなかに優れた御仁と見受けた。さすがは平蔵殿の御舎弟でありますな」

「伝九郎叔父さまったら、お二人のことをさかんに誉めておいででしたよ」

春菜は伝九郎と永代寺に参詣に行く道々、訊いたのだという。

「すると、未だ決めていないと申されるのですな」

平蔵は里芋の煮つけを箸で刺した。

「いかにも」

伝九郎は春菜の酌で酒を飲んだ。

「いつ頃までに決められるのですかな」

平蔵は里芋の煮つけでいっぱいになった口をもごもごとさせた。

「そんなには、かからぬ」

伝九郎はご機嫌である。

「叔父さまはそれだけ真剣に考えていらっしゃるのですよ」

春菜は平蔵を見た。

「それはその通りと存ずるが」

平蔵は黙り込んだ。春菜は酒のお代わりを持って来ると言って席を立った。

「ところで、双葉のことですが」

平蔵は双葉が帰りがけに、おそらく自分は採用されないだろうと言ったことを持ち出した。

「はて？　なぜそのようなことを口にされたのか」

伝九郎は小首を傾げた。

「心当たりはござらぬか」

平蔵は重ねて訊いた。

「とんと。大方、謙遜されておられるのだろう。拙者の見たところ、双葉氏は見所があり申す。剣の修練に対する取り組みは尋常ではござらぬ」

伝九郎は真顔で言った。

「いかにも。双葉ほど、剣の研鑽を積んでおる門弟はいない」

「そうであろう。であれば、謙遜なさっておられるのでは」

「いや、双葉は謙遜するような男ではない。威張りもしないが遠慮もしない。己の力のみを信じ、それのみを頼るという男。それゆえ、足りぬ点は素直に認め、それを補うべく修練を重ねる。したがって謙遜、遠慮とは無縁の男なのでござる」

平蔵はまじまじと伝九郎を見た。伝九郎は静かに盃を傾けた。なおも平蔵が伝九郎に疑問の問いかけようとした時、

「さあどうぞ」

春菜とお清が酒のお代わりと鴨鍋を持って来た。

「おお、これは馳走じゃ」

伝九郎は顔を綻ばせた。

「叔父さまの好物だったでしょ」

春菜もうれしそうである。

(双葉が川田との勝負もせず、自分は仕官されぬなどと自信のないことを、なぜ口にしたのか。それと、川田が道場に顔を見せぬのも気がかりだ。二人とも伝九郎の眼鏡にかなわなかったということか)

平蔵は春菜の笑顔を見ながら不安を募らせた。

十

翌日も川田は顔を見せなかった。

「銀の字」

平蔵は銀次を道場の外に連れ出すと、小粒銀を渡した。

「これで何か菓子でも買って川田の見舞いに行ってきてくれ」

いつもの「せっこ」と言うより、門弟に対する道場主の責務だった。

「川田の様子を見てこいよ」

と平蔵は銀次に囁いた。銀次は強くうなずくと、平蔵からもらった小粒銀で饅頭を買い、川田の家に向かった。

川田が住む西永代寺町は、十時道場がある今川町のすぐ裏手である。川田は、醬油問屋房州屋金五郎が家主と大家を兼ねた裏店に、間借りしていた。

九尺二間の棟割長屋である。

銀次は木枯らしに身をすくめながら長屋の路地の木戸を見上げた。木戸にかけられた木札で川田の名を捜す。

「あった。川田京太郎」

銀次は木戸を潜り路地に沿って棟割長屋を覗いて行った。途中洗濯に出て来た長屋の女房連中に、陽気な声をかけた。

「ご浪人の川田さんの家は何処だい」

「そこだよ」

すぐ目の前の家を指差された。銀次は礼を言うと、戸口を叩いた。

「御免下せえ。川田さん」

「はい。ただいま」

中から落ち着いた女の声と、心張り棒が外される音がした。

「あいにくと川田は留守でございます」

川田の女房が顔を覗かせた。

年の頃は三十半ば、声と同じく落ち着いた雰囲気の女である。地味な縞の小袖は襟元が綻び紅色の細帯もよれよれだった。着ている物は楽ではない暮らしぶりを表していたが、落ち着いた所作からは武家の妻の体面が感じられた。

「あの、あっしは御主人と同じ十時道場の門人でして、三好町で一富士という縄暖簾を営んでおります銀次と申します」

銀次は、あえて十手持ちであることを告げなかった。

「それは主人がお世話になっております。川田の家内の美紀と申します」

美紀は、銀次の来訪の目的は分からなかったものの、一応の挨拶はしようと丁寧に頭を下げた。

「今日まいりましたのは、川田さんの具合が気になりましてね。それで――」

先生も心配なさってと、銀次は平蔵からの見舞いだと、竹の皮に包まれた饅頭を差し出した。

「それはご丁寧に」

美紀は銀次を家の中に入れた。

土間と六畳ほどの板敷きの部屋がある。部屋は家財道具のほかに裁縫仕事らしき着物が山と積んであった。ところが、乱雑さはいっさいなく、家財道具もきちんと整えられ、掃除が行き届いた部屋からは、浪人暮らしのすさみようは、まったく感じられない。部屋の隅に文机があり、少年が習字をしていた。少年は銀次を見ると、ぺこりと頭を下げた。

美紀は銀次を部屋に上げ、茶を用意した。

「主人、どこか具合が悪いのでしょうか」

逆に美紀に訊かれ、銀次は戸惑いながらも、昨日稽古を早退し今朝も来るはずだったのに来なかったから心配になったと語った。

「そうですか。そう言えば、昨日の昼頃、家に帰ってから」

川田は昨日の昼から無口になり、何かをぼんやりと考えている様子だったという。

「元々、無口な人ですから、取り立てて問いただしたりはしなかったのですが」

どうやら、川田は妻には仕官の話はしていないようだ。慎重な性格ゆえか、決まりもしないうちに話してぬか喜びになったら大変、という妻への配慮であろう。

「で、今日は？」

銀次は茶を啜った。

「はい、半刻ほど前でしょうか。一人のお侍が訪ねて来られ、その方と一緒に出て行きました」

美紀は、はきはきと答えた。

「お侍というと、どんな」

「年の頃は主人と同じくらいか少し上……」

美紀の話からその侍は杉田伝九郎と考えられた。

銀次は礼を言って川田の家を後にした。


「春菜、杉田殿は何処へ行かれた」

銀次の報《しら》せを受け、平蔵は台所で戸棚の整頓をしている春菜に訊いた。

「朝餉を召し上がってから、松山さまの江戸藩邸に出かけるとおっしゃって外出されましたよ。きっと、仕官のことで相談に行かれたのでしょう。何か御用でも」

「そうか。いや、ま、ちょっとな」

平蔵は努めて平静を装った。

道場に戻ると、平蔵は銀次を板敷きの片隅に呼び寄せた。

「若君の剣術指南の話、まことかどうか調べてくれ」

銀次は眉をひそめたが、「合点でえ」と小声で囁き、表に出て行った。

「双葉、ちょっと来なさい」

今度は双葉を片隅に呼んだ。

双葉は稽古の手を休め、額に巻いた汗止めの手拭で汗をぬぐいながらやって来た。

「外で話そう」

平蔵は双葉を伴い稲荷の境内に入った。

小さな祠の前で向き合うと、

「本当のことを話してくれ。杉田とどんな話をしたのだ」

平蔵は切り出した。双葉はしばらく無言のまま、厚い雲が垂れ込めた空を見上げていたが、やがて、

「金十両を要求されました」

と、言った。平蔵は伝九郎の本性を見た思いがし、無邪気に伝九郎を慕う春菜のことが不憫《ふびん》に思われた。

「杉田殿が言われるには、藩の然るべきお役目にある方に、ご挨拶として献上するということでした。わたくしは、そのような大金は持ち合わせておりませぬし、金で仕官を買う気もござらん」

双葉は金十両など持ち合わせがないと断ると、

「仕官すれば百石取りとなるし、磐田藩の若君の剣術御指南役という看板でいくらでも稼げるからと、いずこかで工面するよう、求められました」

だが、双葉は毅然と断ったという。

（なるほど、これで辻褄《つじつま》が合う。双葉は金で買う仕官の口に嫌気が差して、自らそ

の申し出を断った。本当のことを話さなかったのは、春菜に対する配慮であろう。
一方、川田はその金を何とか工面せねばと悩んでおるのだ）
平蔵の心中は、今日の空のようにどんよりとした雲で覆われた。

十一

夕暮れ時になって銀次が戻って来た。

「どうだった」と訊くまでもなく、銀次の眉間の皺を見れば、答えは予想できた。

平蔵は無言で銀次を外に連れ出した。仙台堀を大川に向かって歩き、中佐賀町の船宿市松に入った。女将のお由に愛想よく出迎えられ、二階の座敷に上がる。

どんよりとした雲の隙間に茜色がわずかに見えた。大川を行き交う荷船の灯りが川風に揺れている。平蔵はお由から酒を受け取ると、窓と廊下の障子を閉めた。

「訊かせてくれ」

平蔵は銀次に酒を注ぐと、手酌で飲み始めた。

「仕官の話なんて端《はな》からありゃしませんでした」

銀次によると、松山家の上屋敷、下屋敷で訊き込みを行ったが、若君には一年前

からすでに江戸定府の藩士で大番役の剣術指南役がおり、

「杉田伝九郎ですが、昨年まではたしかに松山の殿さまの剣術指南をしておったそうですが、その後、殿さまが患われて、今は剣術どころではないと」

「お役御免か。いつのことだ」

「昨年の大晦日だそうです」

「なるほどな。それで偽《いつわ》りの仕官の話を持ち込み、路銀を稼ごうと我らのもとにやって来たのか」

「となると、川田さんに早く報《しら》せたほうが」

銀次が言い終わらないうちに平蔵は立ち上がり、「行くぞ」と部屋から飛び出した。


平蔵と銀次が西永代寺町の川田の自宅を訪れる頃には日はとっぷりと暮れ、長屋の家々から漏れる行灯の灯りが弱々しく路地を照らしていた。

「御免なすって」

銀次が川田の家の戸を叩いた。すぐさま、川田の実直な顔が現れた。

「これは、先生」

恐縮する川田の向こうに妻の美紀と息子の姿が見られた。

「川田さん、ちょっと」

平蔵は川田の腕を摑むと、井戸端に連れて行った。

「川田さん、実はな」

平蔵は伝九郎が持ちかけてきた仕官の話が偽りであることを一気に話した。薄闇の中で、川田が身体を震わせるのが分かった。平蔵の話を訊き終えると川田は、

「分かりました。先生、ご心配おかけ致し申しわけございませぬ」

と、しっかりとした口調で返してきた。

「本音を申せば、ほっとしたところでござる」

川田は薄笑いを浮かべた。

伝九郎に金十両を要求され、何とか工面しようと荻野山中藩のお納戸役をやっていた頃付き合いのあった商人を訪ねた。頭を下げ、金を借りようとしたが冷たく断られた。途方に暮れたところに伝九郎がやって来た。

「それが今朝ですね」

銀次の問いかけに伝九郎はうなずいた。

「金の工面がつかなかったことを話すと……」

川田の声が怒りで震えた。

伝九郎はそれならいい工面の方法があると、

「妻の身体を差し出すように言ってきました」

川田は井戸水を汲み上げると、桶に口をつけて、ひと息に飲み干した。

伝九郎によると、大店の旦那連中の中には、「武家の女を抱きたい」と、十両、二十両を平気で出す者がいるという。

「そんなことをしてまで……武士としての誇りを失くしてまで、仕官することはできぬ、と明日にでも断ろうと思っておった矢先にござる。それに、自分のような不器用な男、若君の剣術御指南など到底できませぬ」

川田の声音は胸のつかえが下りたせいか、すっきりとしたものになっていた。


「杉田の奴、どうしやしょう」

道場に戻る道すがら銀次が訊いてきた。

「まあ、おれに任せておけ」

平蔵は事の次第を暴きたて、伝九郎を町奉行所に突き出すことには抵抗があった。春菜は否定したが、伝九郎は春菜の初恋の男だろう。春菜は早くに母を亡くし、父の手で育てられた。父が道場を開いたばかりの多忙な時期は、春菜にとっては九歳から十四歳までの多感な年頃でもあった。

少女から女になろうとした時期の春菜にとって、伝九郎は歳の離れた兄という存在から初恋の人へとなっていったに違いない。伝九郎と接する春菜の顔を見れば分かる。

幸い、川田も双葉もまだ被害を受けていない。

「失礼仕る」

平蔵は客間の障子越しに告げた。

「どうぞ」

伝九郎は一人で酒を飲んでいた。

「いかがかな」

平蔵は徳利を向けられたが断り、伝九郎を見据えた。

「貴殿が持ち込まれた磐田藩への仕官の話、川田、双葉両名から断りの旨を告げられ申した。よしなに」

「それは残念」

伝九郎は顔をそむけ、不機嫌そうに猪口をあおった。

「それと、今一つ用件がござる」

平蔵は静かに言った。伝九郎は酔眼を向けてきた。

「お手合わせ願いたい」

伝九郎は猪口を畳に置き、平蔵を見返した。

「場所は中佐賀町の河岸、刻限は暁七つ半（午前五時）」

平蔵の表情と門人の仕官の話を断りに来たことで、伝九郎は事態を察したようだ。

「分かった。仕官の話がなくなれば長居は無用だ」

伝九郎は徳利を猪口に傾けた。


翌朝、暁七つ半を告げる永代寺の鐘の音とともに伝九郎は姿を現した。

夜明け前の薄暗い河岸に人気《ひとけ》はない。身を切るような寒風が大川を渡ってくる。暁の空には満点の星が瞬いていた。

薄闇に包まれた伝九郎は、道場を訪ねて来た時と同じ灰色の小袖に黒の裁っ着け袴という格好である。深編み傘と背嚢を地面に置いた。

平蔵は紺地の胴着に黒の裁っ着け袴だった。

「勝負は一本きりと致そう」

平蔵は用意した木刀を伝九郎の足元に投げた。が、

「一本きりとなれば、真剣で致そう」

伝九郎は木刀を蹴り飛ばした。

「よかろう」

平蔵も応じた。

二人は薄暗がりの中、刀の下げ緒で小袖を襷がけにした。無言のまま対峙する。

伝九郎は正眼に構え、平蔵は下段に構えた。

霜が降りた地面を踏み締め、平蔵はゆっくりと伝九郎のほうに向かって足を送った。

（こやつに『おぼろ返し』は通じるか）

平蔵が伝九郎の力量を見極める暇もなく、

「でい！」

伝九郎は斬りかかって来た。

平蔵は伝九郎の刀を払い除け、伝九郎の右手に走り込みながら刀を振り下ろす。

伝九郎がそれを受け止める。

しばらく二人の鍔《つば》ぜり合いが続いた後、伝九郎が後方に飛び退《の》いた。平蔵は追撃する。二人は横に走りながら剣を交えた。人影のない河岸に二人の剣客の発する気合と刃がぶつかり合う鋭い音が響く。

（先生とともに十時道場を立ち上げただけはある。大した腕だ。彼奴《きやつ》の技を封じねば）

平蔵は、再び下段に構え、「狐剣おぼろ返し」を繰り出そうとした。

が、伝九郎は剣客の本能が危険を察知したのか、刃を引き、下段に構え直す。

平蔵と伝九郎は下段の構えのまま睨み合いを続けた。

この局面を打開しようと、平蔵は大川に向かって走った。

大川は霧が立ち込め、幻想的な姿を現している。

平蔵は河岸に舫ってある一艘の猪牙舟《ちょきぶね》に乗り込んだ。伝九郎も後を追う。

平蔵と伝九郎の重みで舟が揺れた。

が、二人は気に留めることなく刃を交える。

いつの間にか東の空が白み、地平の彼方が朝焼けで赤く染まっていた。

「とう！」

突然、平蔵は大きく飛び上がった。

予想外の平蔵の動きにより、伝九郎に一瞬の隙が生まれた。

平蔵の身体が舟底に着地した。

反動で舟が大きく揺れる。

伝九郎の身体も揺れた。

平蔵はそれを見逃さず、「狐剣おぼろ返し」を繰り出した。

伝九郎の刀が朝靄を切り裂いて跳ね上がり、河岸に落ちる。

平蔵は峰を返し、伝九郎の籠手を打った。

伝九郎はしゃがみ込んだ。

平蔵は刀の手応えで、伝九郎の右手首が骨折したことを確信した。

「情けは無用じゃ。存分に成敗されよ」

伝九郎は苦痛に歪んだ顔で平蔵を見上げた。

「杉田殿、今後いっさい、道場に顔を見せられるな」

平蔵はそう言い放つと紙包みを伝九郎に放り投げた。怪訝な顔の伝九郎に、

「十時道場の看板に泥を塗るようなことはなさらぬように願います——草葉の陰で眠る新十郎先生を悲しませないでいただきたい」

平蔵は告げた。

紙には金十両が包んであった。

その金額が意味するもの。すなわち、伝九郎が川田から騙し取ろうとした金額である。伝九郎の胸にもずしりと響くであろう。

平蔵はそれだけ言うと、猪牙舟から河岸に上がった。そのまま立ち去ろうとしたが、

「それと、何とぞ春菜の夢を壊さないでいただきたい。伝九郎叔父さま」

と、快活な声を放った。

伝九郎は、かたじけないと揺れる舟で正座した。

朝日が大川と伝九郎の姿を黄金色に染めた。


春菜は、伝九郎が帰国命令が届いた、と道場を去った日こそ、終日ぼんやりとした様子で過ごしたが、翌日からは普段通りの、いや、より一層の働きぶりを示した。

が、船宿市松の女将お由は偶然目撃していた。

平蔵と伝九郎が果たし合いをした直後、涙で目を腫らした春菜が、市松の前を走り去って行く姿を。だが、お由はそれを自分の胸にしまっておくことにした。平蔵にも春菜にも黙っていることにしたのだ。

第四話

美人局も芸の肥やし――大安

一

稽古を終え、ほっとひと息ついた平蔵に、

「先生、落語はお好きですかい」

銀次がにこやかな顔を向けてきた。

「おお、好きだぞ。でも、このところ聴く機会がなくてな。その落語がどうした？」

銀次は嬉しそうに、

「今晩うちで寄席をやるんですよ」

「一富士の二階でかい」

「ええ。浮世亭珍朝《うきよのていちんちょう》という噺家《はなしか》が口演するんでさあ」

「珍朝と言えば、今売り出し中の人気者じゃないか」

平蔵が感心したように言うと銀次は、「へへっ」と得意げに鼻をこすった。

この頃、寄席は花盛りだった。毎晩のように江戸の市中のあちらこちらで寄席が行われていた。ただし、寄席といっても会場は現代のような演芸場ではなく、銀次の店のような料理屋の座敷や、葦簀《よしずば》張りの小屋を作り、会場にして開かれることが一般的だった。

「よし、連れて行け」

平蔵は身支度を整えるべく母屋に向かった。

平蔵と銀次が一富士に到着すると、すでに二階の座敷は寄席の会場になってい
た。

「おい、先生とおれだ。一番いい席を用意してくれ」

「あら、早い者勝ちですよ」

お勝は頬をふくらませた。

「てめえ、亭主の言うことが聞けねえのか」

お勝に詰め寄ろうとした銀次の袖を平蔵は引っ張り、

「いいよ、どこでも。空いてる席で」

と、にっこりした。

「さすがは先生。話がよく分かってらっしゃる」

お勝は先に立って、平蔵と銀次を二階に導いた。二階は襖が取り払われ、三十畳
敷きの座敷になっている。横に七枚、縦に八枚ずつ座布団が並んでいた。座布団の

前には酒と料理の膳が置かれている。

前列から半分ほどに先客がいた。

「ここでいいだろ」

平蔵は座敷の真ん中辺りに座った。銀次も並んで座る。

「いつからだ」

「六つ半(午後七時)ですよ」

銀次はまずは一献と、平蔵に酌をした。ぞろぞろと客が階段を上がってくる。職人、行商人、店者と、ほとんどが男の客であるが、ちらほらと女の客も交じっていた。島田髷に派手な羽織を着ていることから辰巳芸者であろう。

日がとっぷりと暮れ、燭台の蠟燭に火が灯された。蠟燭の火の揺らめきの中、

「待ってました」

最前列の客から歓声が上がった。

頭を丸め六ひょうたん小紋の小袖を着流し、鳶《とび》色の羽織、白足袋という格好の小柄な男が入って来た。年の頃は二十代の半ばか。

座敷が歓声と拍手に包まれた。

「毎度御贔屓ありがとうございます。浮世亭珍朝でございます。今晩は最後までお

付き合いのほど、よろしくお願い申し上げます」

珍朝は艶のあるよく通った声で挨拶した。客たちは拍手で答えた。

「ええ〜、こちらは何でも御上《おかみ》の御用を受け賜る銀次親分のお店だそうで。たちの悪いお客がいたらお縄にして下さいよ、親分！」

珍朝が腰を浮かして銀次を見つけると、

「ああ任せな。でもな、おれの手を煩《わずら》わすようなつまんない話はするなよ」

銀次が言うと客たちから笑いが起こった。

「まったく親分には敵わない。では、一席お付き合い願います」

珍朝は得意の、「粗忽《そこつ》長屋」を口演し始めた。客席はたちまち爆笑の渦に包まれる。

「粗忽長屋」は、粗忽者の江戸っ子を題材にした噺だ。ある男が同じ長屋に住む友人の行き倒れ死体を見つける。その男は、長屋に帰って友人に、おまえが死んでいるから遺体を引き取りに行けという。友人は半信半疑で現場に駆けつけ、おれが死んでいると悲しみ、遺体を引き取ろうと抱き上げる。

「抱かれた男がおれなら、抱いているおれは、誰なんだろうな」

珍朝が下げを演じると客席が、大きな笑いと拍手に包まれた。平蔵と銀次も顔を見合わせ満足げな笑顔になる。

「腕を上げてるな」

銀次は通ぶった顔で言った。

「なかなかのもんだ」

平蔵も素直にうなずく。

座布団に座りきれない客が壁際に立って見物していた。

「ええ、では続きまして、もう一席お付き合い願います」

珍朝は客席を見回した。すると、珍朝の顔がわずかに歪んだ。

次の噺は、「粗忽の使者」だった。

今度は粗忽な侍を題材にした噺である。某藩の侍が使者として他藩へ遣わされた。ところがその侍、生来の粗忽者で使者の口上を忘れてしまう。思い出そうとする侍と、思い出させようとする迎えた側の藩士との間で繰り広げられるドタバタを描いた噺だ。

が、出来は最初の噺に比べ格段に落ちた。それは客たちにもよく分かったと見え、笑いはまばらとなっている。珍朝自身も焦り始めた。額に汗を滲ませ、身振り手振りが過剰になってきた。明らかにちぐはぐな出来だった。

「ああっ、聴かずに参った」

下げを話し終えると、珍朝は汗だくで挨拶もそこそこに席を立った。客たちも不満顔である。

「どうしたんだ？」

平蔵が銀次に言うと、

「さあ」

銀次も首を捻るばかりだった。

「ま、身体の具合でも悪かったんじゃないですかね」

銀次は言うと、平蔵を一階の入れ込みの座敷に誘った。

ほかの客たちも口々に、

「『粗忽長屋』はよかったんだがな」

「何だ、あの出来は」

などと不満の言葉を残し、ぞろぞろと出て行った。

銀次は自分のことのように肩身の狭い思いをしてそれを聴いていた。

二

一富士の一階には平蔵と銀次の他は、職人風の客がまばらに残っている。

「親分、とんだ出来で」

珍朝が二階から下りてきた。

「まあ気にするな、何事も出来不出来はあるもんだ」

銀次は珍朝の肩を叩くと、

「こちら、おれが通っている剣術道場の十時先生でいらっしゃる」

と、平蔵を紹介した。

「たしか親分、その道場で四天王に数えられているんですよね」

「おい、早く熱いの持って来いよ」

銀次は素知らぬ顔で調理場に怒鳴った。平蔵は破顔すると、

「十時平蔵だ。お近づきにどうかな」

珍朝のために席をつくった。銀次も「一緒に飲もうぜ」と声をかけた。

「じゃあ、お言葉に甘えまして」

珍朝は平蔵の隣に座った。

「師匠の商売も大変だな」

「まあ、あたしらは言わば道楽商売でございます。好きなことでおまんまが食えるんですから、ありがたいと思わないと」

珍朝は謙遜の笑いを返した。

三人はしばらく酒と料理を楽しんだ。やがて、珍朝は色白の顔に朱が差し、酔いが回ってきたのか、同じ話を繰り返すようになった。それが突然、

「先生は、こっちのほうは相当なもんなんでしょ」

刀を振り回す格好をした。

「当たり前だろう。剣術の先生だぞ」

銀次は珍朝の額を小突いた。

「そうか。そうだった。で、先生はどれくらいお強いんです」

珍朝はからみ口調になっている。

「いい加減にしろ。中西派一刀流免許皆伝の腕前でいらっしゃるんだ」

銀次は顔をしかめ、珍朝の手から猪口を取り上げた。

「そうですか。で、その中西派一刀流免許皆伝てえのは、どのくらい強いんですか

ね」

珍朝は、なおもからんだ。銀次は「もう寝ろ」と珍朝の耳元で怒鳴った。

「いや、あたしはまだ大丈夫ですよ。まだまだ飲めます」

珍朝は取り上げられた猪口を取り返そうと手を伸ばした。

「おれの腕が気になるのか」

平蔵が銀次から猪口を受け取り、珍朝の手に握らせた。

「先生、相手にしないで下さい。酔っぱらって自分で何を言ってるか分からなくなってるだけですから」

銀次は珍朝を呆れたように見た。

「先生、あたしを門弟にして下さい」

不意に珍朝は猪口を置き、平蔵に頭を下げた。

「どうした、洒落か」

平蔵は噴き出し、銀次はチッと舌打ちした。

「いえ、真剣でございます」

珍朝は赤ら顔を上げ、平蔵を見た。

「芸の肥やしにでもしようというのか」

平蔵は笑顔のまま訊いた。

「ええ、まあそんなところで」

珍朝の口調はしどろもどろになった。

「おいおい、舌がもつれているじゃねえか」

銀次はこの酔っ払いめがとつぶやき、

「二階に蒲団敷いてやれ」

と、お勝に言った。珍朝は平蔵に弟子入りの話を続けようとしたが、

「しつこい。もう、寝ろって」

縄を打たれた下手人が引かれていくように、珍朝は銀次に二階へと連れて行かれた。


翌朝、珍朝が十時道場にやって来た。

平蔵は母屋の居間で応対した。

結局、昨晩は一富士の二階に泊まり朝餉まで馳走になり、その足でやって来たのである。平蔵に弟子入りしたいという昨晩の話は、酔ったうえでのたわ言でもなかったということか。

はたして、珍朝は両手をついた。

「先生、どうか門弟の末席にお加え下さい」

そこへ春菜が茶を運んで来た。

「おや、この麗しきご婦人が先生のお内儀で。こらどうも」

派手な着物に身を包んだ坊主頭の男に世辞を言われ、春菜は戸惑いの表情を浮かべた。

「こちらな、噺家の浮世亭珍朝師匠だ」

珍朝は満面の笑顔を春菜に送り、

「珍朝です。以後、御贔屓に」

「こちらこそ。平蔵の家内で春菜と申します」

春菜は怪訝な顔のまま、茶を置いた。平蔵は昨晩の話をした。春菜は興味なさげにうなずいた。

「で、珍朝師匠、うちの道場に入門したいそうだ」

入門という言葉を耳にし、とたんに春菜の顔が輝いた。

「それは、それは。芸事というのも大変ですね。やっとうも芸の肥やしということなのですか」

「ええ、まあ。そんなところで」

入門の動機を訊かれると、なぜかしら珍朝の歯切れが悪くなる。

「ではな、師匠」

「先生、師匠はいけません。あたしは、今日から先生の門弟なんですから。どうか珍朝と呼び捨てにして下さい」

珍朝は丁寧に頭を下げた。

「よい心がけですこと」

春菜は手を打った。

「ならば珍朝よ、前に剣術をやったことがあるのか」

「いいえ、ただの一度も」

珍朝はけろりと返した。

「そうさな、まずは見学をしてはどうだ」

「いえ、実地で学ぶのが一番と思います」

珍朝は真面目くさった顔つきで返した。

「最初から張り切りすぎて、怪我しては高座に上がれんぞ」

平蔵の説得は通じず、珍朝はその日から入門し稽古を始めることになった。

三

「だあ!」

珍朝は全身に気合いをみなぎらせていたが、そこは生まれて初めての稽古である。師範代の三田村郷助は、まずは防具の着け方から珍朝に指南しなければならなかった。

「師範代、どうか遠慮なさらず」

珍朝にそうは言われても、郷助は当惑するばかりである。

郷助の手ほどきで珍朝はどうにか防具を着け、竹刀を持たされたものの、やたらに振り回すだけで、子供の剣術ごっこのほうがよほどましである。

「ちょっと、竹刀を置いて」

郷助は珍朝が怪我をすることを恐れた。

「いや、まだまだやれますよ」

珍朝は止めない。

「やめろ」

郷助は珍朝の竹刀を摑んで引っ張った。珍朝はもんどりうって転んだ。

「ああ痛え。ひでえや」

珍朝は尻餅をついたまま郷助を見上げた。

「おいおい。あんまり根を詰めるな」

平蔵が傍らにやって来た。銀次も心配そうに寄って来る。珍朝は防具を外し、笑顔を見せた。

「熱心なのはいいが、下手に怪我でもしたら高座に上がれなくなるんだぞ」

平蔵は語気を強めた。

「いや、大丈夫ですよ」

珍朝は手をひらひらと振った。

「あんまり無茶したら芸の肥やしどころじゃないぜ」

銀次も呆《あき》れたように言った。

「いえ、あたしも早く免許皆伝となりたいですからね。へへへ」

「馬鹿言え、おれだってこの道場に通って六年になるが、未だ目録ももらってないんだぞ。そんなに甘くはねえ」

銀次はそっくり返った。

「おや、変だねえ。だって親分。十時道場の四天王なんでしょ」

珍朝が突っ込むと、

「こりゃ一本取られたな」

と、銀次は自分の額をぴしゃりと打った。


「よしっと」

春菜は美濃紙に大きく門弟募集の貼紙を大書した。

「当道場に浮世亭珍朝師匠入門。入門者にはもれなく珍朝師匠が落語を披露」

春菜は、美濃紙二枚に書いた門人募集を嬉々とした顔で板塀に貼った。次いで、稲荷に足を向けた。

（門弟よ、いざ来れ）

春菜は灰色の雲を追い払うように天を仰ぎ見た。

実は珍朝が門弟となるに当たって、

「ねえ、師匠。ものは相談なんですけどね。稽古代はいりませんから、代わりに落語をやってもらえないかしら、道場でね」

春菜は持ちかけた。

珍朝は、それだけはご勘弁と丁寧に頭を下げる。

「落語はあたしにとっては真剣勝負。寄席以外の場所でやるわけには」

「うちの道場だって剣術修業の神聖な場ですよ。本来なら、芸の肥やしになんてしてほしくないわ」

春菜はすごい剣幕で言い返した。

「わ、分かりましたよ」

気圧《けお》されたように承諾した珍朝だった。

「ちょっとした小噺程度でいいですからね」

春菜は機嫌を直した。


ともかく夕暮れまで珍朝は稽古をした。途中、昼の休憩の間に、門弟たちに小噺を披露した。春菜の貼紙が幸いし何人か入門希望者がやって来た。

「明日もよろしくお願い申し上げます」

珍朝は門弟たちに向かって元気よく挨拶すると、

「ああ、急がなくちゃ」

高座が待っているらしくそそくさと道場を飛び出した。

「明日もやって来ますかね」

郷助はやや肩をそびやかして平蔵を見た。

「来るだろうよ」

平蔵は苦笑した。

「なんだか、いつもよりも疲れましたよ」

郷助はぐったりと肩を落とした。


それから二刻後、珍朝もぐったりとしていた。

一富士の入れ込み座敷である。

「ほらみろ。慣れないことするからだよ」

銀次は珍朝の肩を叩いた。

「親分、すんません」

珍朝は顔を上げた。

「何か精のつくものでも食えよ」

銀次は妹のお藤に、「鰻の蒲焼き」を頼んだ。

「剣術の稽古のせいじゃないんですよ」

珍朝は今晩の高座がさんざんな出来だったこと、それで客から野次られたことを話した。

「昨日の晩よりひどかったのか」

銀次が言うと、

「やっぱり昨日、ひどかったですか」

珍朝はうつむいた。銀次は、まあなとつぶやいた。

「今晩の出来は昨日のなんてもんじゃなかったですよ。昨日はどうにか下げまできましたからね。今晩は、とちるわ忘れるわで、挙句の果てに噺の途中で客が帰り出す始末で、おかげで座元には叱られ、散々でした」

珍朝は両手で頭を抱え込んだ。

「だからさ、疲れてるんだよ。な、少し休んだらどうだい。もちろん、剣術の稽古もな」

銀次は慰めるように言った。すると、

「疲れてなんかいません。いや、疲れがしくじりの原因じゃないんです」

珍朝は訴えるような目を銀次に向けた。

「話してみな。力になれるかもしれねえ」

銀次は微笑むと、静かに言った。

「実はあたし、美人局に遭っているんです」

珍朝はうなだれた。

四

三日前の晩、珍朝は永代寺門前町の高級料理屋百楽で催された寄席に出演した。

その帰り道のことだった。

寒風に身をすくませながら十五間川に架かる永居橋を渡ろうとした珍朝を、

「あの、もし」

と、呼び止める女の声がした。

夜鷹の客引きかと知らぬ顔で通り過ぎようとしたが、

「浮世亭珍朝師匠ですよね」

蛭子《えびす》宮《のみや》稲荷の石灯籠の灯りに浮かんだ女は、黒羽織に身を包んでいることから辰巳芸者と思われた。そうなると珍朝の態度も一変する。

「あたしを呼び止めたのは姉さんかい」

鼻歌交じりで女に近づいた。

「いかにもあちきですよ」

女は辰巳芸者でぼん太と名乗った。

「ぼん太姉さんが何の用だい」

珍朝はぼん太に寄り添った。

「あちき、師匠を贔屓にしているの。師匠の噺が聴きたくてねえ」

「そうかい。ありがたいね。明日の晩も百楽さんに呼ばれているから、来たらいいじゃないか。そうだ、馴染みの旦那にでもねだってさ」

珍朝は言った。

「明日の晩まで待てないよ。今晩聴きたいの。あちきの家で」

ぼん太は珍朝にしなだれかかった。

珍朝に断る理由はない。

珍朝はぼん太に導かれ、永居橋を渡り深川大和町の町地に入って行った。ぼん太の住まいは直参旗本、本堂大膳の屋敷の裏手にあった。小体な造りの二階家である。大店の隠居の住まいといった風情だ。

（大方、どっかの旦那にでも借りてもらっているんだろう。旦那のいない間に浮気か……）

珍朝は、これから起こることへの期待に胸を膨らませながら、玄関の敷居をまたいだ。

「さ、こっち」

珍朝は裏庭に面した居間に案内された。ぼん太は行灯に灯りを入れ、長火鉢の灰を掻き回し火を熾《おこ》した。

「一本つけようかね」

行灯の灯火に浮かぶぼん太の顔は、年増女の色気に匂い立っていた。

「酒は後だ。それより姉さん、あたしの噺を聴きたいのだろ」

珍朝はぼん太の手を握った。冷んやりとして豆腐のように柔らかだ。珍朝は頭に血が上った。

「姉さん、ずっと好きだったんだ」

珍朝はぼん太を引き寄せた。

「ずっとって師匠、さっき会ったばかりじゃないか」

ぼん太は妖艶な笑みを浮かべた。

「だから、蛭子稲荷で会ってからずっと好きなんだよ」

「噺家らしい調子よさだこと」

ぼん太は腹を抱え、哄笑《こうしょう》した。

「まあいいじゃないか。そんなこと」

いったん離れたぼん太の身体を珍朝が抱き寄せた時、

「この浮気者！」

襖が乱暴に開いたかと思うと男が入って来た。

男は黒地の小袖に仙台平の袴、月代《さかやき》と髭が伸びていることから浪人と思われた。

（しくじった。美人局か）

珍朝は歯嚙みしたが、もう遅い。

「あんた、違うんだよ。あちきが落語を聴きたいって言ったら、この噺家が無理やり家までくっついて来たんだよ」

ぼん太は浪人に擦り寄った。

「そんなことはどうでもよい。きさま、この不始末、いかが致す」

浪人は腰の大刀を抜いた。

珍朝は両手をつき、

「どうかご勘弁下さい。この通りでございます。ほんの出来心でございます。もう二度と致しませぬ」

米搗《こめつ》きばったのようにぺこぺこと額を畳に打ちつけた。

「出来心ですむものか」

浪人は珍朝の頭上から声を放った。

「で、ではどのように致しましょう」

珍朝は汗みどろの顔を上げた。

「そうさな、今晩のところは」

浪人はぽん太をちらっと見てから、

「落語を一席やってもらうか」

刀を鞘に納めた。

「落語を、ですか……」

珍朝は呆気に取られたように口を開けた。

「そうだ。おまえ、ぽん太に落語を聴かせるためにこの家に来たのだろ。ならば、聴かせてやれ」

浪人が言うとぽん太も嬉しそうに、「聴きたいわ」と、笑顔を向けた。

（けっ、この芸者、調子のいいこと噺家以上だぜ）

珍朝は正座した。

「いよ、待ってました、浮世亭」

ぼん太が明るく声をかけた。

「では、一席ご披露申し上げます」

珍朝は汗だくになりながら、話し始めた。


「まったく馬鹿な野郎だな」

話を聴き終えた銀次は言った。ちょうど、鰻の蒲焼きが運ばれて来た。

「まあ食いな」

銀次は山椒を振った。珍朝は箸を伸ばしたが、ため息とともに膳に戻した。

「おめでてえ奴だ。脅されて話した噺がよりによって『駒長』とはな」

「駒長」は美人局を題材にした落語である。

「何しろ気が動転しておりましたんで」

珍朝は頭を掻いた。

「で、その浪人、いくら要求してきたんだ」

「それが……」

浪人は菊田勘蔵と名乗り、珍朝が落語を終えるとすんなり帰してくれた。金品の要求はまったくなかったという。ところが、翌日から珍朝の高座があると顔を見せるようになり、毎回にやにや笑いながら見物するのだという。

「実は、この店でやらせていただいた時にも来ていました。つめの噺目からですがね」

「それで、二席目の出来がめっきり悪くなったのか」

銀次は得心した。

「剣術を習いたいなんて言い出したのもそのためか」

銀次の問いかけに珍朝はうなずいた。

五

翌朝、銀次は珍朝を伴い、十時道場に姿を現すと、平蔵に相談をもちかけた。平蔵は郷助に稽古をまかせると、母屋の居間へ通した。

珍朝に変わって銀次がこれまでのいきさつをひととおり説明すると、珍朝はうなだれた。

「そんなことだろうと思ったよ」

平蔵はにこやかに返した。

「しかし、にわかに剣術を習ったところでどうなるものではない。下手をして怪我しては元も子もないからな。銭でけりをつけるしかないだろう」

「いえ、それがそういうわけにも」

珍朝は顔を上げ、銀次を見た。

「ああ、そうだったな。その菊田って浪人、金品はいっさい求めてこないんだったな」

「じゃあ、何のために美人局なんかやったんだ」

「先生、そいつはこっちが訊きたいくらいで」

珍朝は、菊田が寄席に来ては、にやにやしながら自分の高座を見ているだけであることを繰り返した。

「ふ〜ん、妙な奴だな」

平蔵は腕組みをした。

「どうしましょう。このままでは、高座はしくじりっぱなしです。そのうちどっからもお呼びがかからなくなっちゃいますよ」

「じゃあな、珍朝よ、もう一度訪ねたらどうだ。そのぼん太とかいう辰巳芸者の家を。おれも一緒に行ってやるよ」

せっこの虫が騒ぎ出した平蔵だったが、

「ええ、このままでは二進《にっち》も三進《さっち》もいかねえ。でも、先生、あたし一人で行ってきます」

と、珍朝に断られた。

珍朝は深川大和町のぼん太の家にやって来た。手土産に竹の皮に包んだ羊羹を持っている。銀次が平蔵には内緒で一緒に行こうかと言ってくれたが、十手持ちを連れて行ってはかえって事を荒立てることになるから、とこちらも断った。

昼間に見ると随分と古びた家だ。

竹垣が巡らされた敷地は百坪程度であろうか。瓦屋根の二階家のほかに物置らしい板葺きの建屋がある。母屋も物置も板壁は薄汚れ、狭い庭には雑草が生い茂っていた。

珍朝は木戸門を潜り、玄関の格子戸を叩いた。

「ごめんなさい。ごめんなさい」

しばらくすると、「はあい」という声とともに格子戸が開けられ、年寄りの女が顔を覗かせた。

（下働きの女か）

珍朝は精いっぱいの笑顔をつくった。

「あの、おかみさんいらっしゃいますか」

老婆は怪訝な顔をして、

「あの、わたしがこの家のおかみですけど」

と、曲がった腰を伸ばした。

「ええ？　ああ、ではその、お嬢さんはいらっしゃいますか」

珍朝は重ねて訊いた。老婆は小首を傾げた。

「娘は、とうに嫁に行きましたよ」

そうであろう。この老婆の娘なら四十は越しているに違いない。ぽん太は夜目とはいえ二十半ば、多く見積もっても三十路には達していなかった。ひょっとして、

「お孫さんはどうです？」

と、珍朝が言った時、

「どうしたんだ」

奥から老人が現れた。老婆の亭主のようだ。

「この人がうちに娘はいるか、孫はいるかって」

老婆は当惑顔を老人に向けた。

「あのもし、あなたは？」

老人が不審の目を向けてきた。

「これは申し遅れました。手前、噺家で浮世亭珍朝と申します」

珍朝は自己紹介したが、老夫婦は落語に興味がないのか、うさんくさげな顔のままである。珍朝は訪問の経緯を語った。

「ぽん太？　訊いたことないな」

老夫婦は三年前まで浅草で下駄屋をしていたが、息子に店を譲り、今はこの家で隠居暮らしをしているという。隠居といっても金に余裕があるわけではなく、庭も家もろくに手入れができないと苦笑した。

（するてぇと、ぽん太と菊田は一体何者なんだ？）

珍朝は狐につままれたような思いがした。

「あの、よろしかったら」

珍朝は手土産の羊羹を老夫婦に渡すと、足早に立ち去った。

その晩、深川山本町の料理屋、たる松で行った珍朝の高座にも菊田は現れた。いつものように大勢の客に交じってにやにやしながら珍朝の口演を見ている。手を叩くことも笑い声を上げることもなく、にやついているだけだ。

高座の出来は散々だった。菊田の存在がどうにも気になり、落語に集中できないのだ。特に今晩は、ぼん太の家を訪ねた後だけに、得体の知れない菊田という浪人に対する恐怖心は、いやがうえにも高まっていた。

「あの、もし」

高座が跳ねてから珍朝は思い切って菊田に声をかけた。たる松の前の往来である。

「何だ」

菊田は、にやにやしながら珍朝を見返した。珍朝は菊田を店の裏に連れて行き、両手を地べたに付いた。

「どうか、ご勘弁願えませせぬか」

「おいおい。一流の噺家がこんな往来で痩《や》せ浪人相手にそんなことをしちゃあいけねえな。浮世亭一門の看板に泥を塗ることになろうぞ」

「どうせあたしは一門の面汚しですよ」

珍朝は冷笑を浮かべると、着物の膝に付いた泥を払って、立ち上がった。

「本当にもうこれでご勘弁下さい。で、いったい、いくら差し上げればよろしいのです。どうかおっしゃって下さい」

「いくら？　金などいらん」

「では、何のおつもりでわたしの高座を見物にいらしてるのです」

「師匠の落語を聴きたいからに決まっておる」

珍朝を寄せつけない菊田の態度だった。

六

珍朝がぽん太の家、いや、ぽん太の家と思っていた家を訪ねた日、平蔵は盛岡藩の上屋敷に招かれていた。十一月十一日のことである。

厚く覆われた雲の谷間に青空が覗いている。風は冷たいが、日が差しているせいか身を切るほどではない。

平蔵は叔父松川源之丈が逗留する長屋ではなく、源之丈ともども御殿の書院に通された。

書院には江戸家老渡瀬喜三郎が待っていた。薫《た》き込められた青磁の香炉の香りが、やんわりと部屋を包み込んでいる。

源之丈は平蔵から聞かされた利用の替え玉の一件が頭にあるせいか、首をさすったり、袴の皺を伸ばしたりと落ち着かない様子だ。利用の出座を待つ間、部屋の中は静まりかえり、重苦しい空気が部屋を覆い始めた。

「十時平蔵、此度《こたび》はまっこと世話になった」

沈黙を破るように喜三郎が口を開いた。平蔵と源之丈があわてて頭を下げる。その時、利用が書院に入って来た。平蔵も源之丈も平伏した。

「苦しゅうない」

利用は平蔵に剣術指南の礼を言った。平蔵は顔を上げ、

「お懐かしゅうございます、善太郎君」

と、ずばり切り込んだ。

「こ、これ」

源之丈が平蔵の羽織の裾を引っ張った。

利用と喜三郎は静かに平蔵を見返した。

「やはり、分かっておったか。そなたの目はごまかせぬな。実はのう、そちと松川を本日召したのは、まことのことを聴かせようと思ってのことだ」

利用は悪戯がばれた童《わらべ》のように笑った。

平蔵は、先日の稽古で利用が口にした話は、自分と善太郎の間で起きた出来事であり、だからこそ、その正体にたどり着いたのだ、と申し述べた。

利用と喜三郎は大きくうなずいた。

「これにはやむをえない御家の事情がある」

喜三郎は落ち着いた口調で前置きをしてから、

「利用さまは、八月二十一日にご逝去された」

わずかに目を伏せた。

予想していたことではあったが、それが事実であると知らされると、衝撃を感じざるを得ない。

「畏《おそ》れ多きことながら、どのような経緯でお亡くなりになられたのか、お聴かせ下さりませぬか」

平蔵は喜三郎と利用を見た。喜三郎はうなずくと、

「利用さまは下屋敷の庭での、松の木に登られたおり、枝が折れ、落下されたのじ

や。傷が思いのほか重くてな。結局、それがもとで亡くなられたのだ」

と、唇を嚙み締めた。

「それで、善太郎さま、いや、今は利用さまとお呼びしなければなりませぬな。利用さまに木登りをお勧め申し上げた際、反対なさったのですな」

「その通りじゃ」

まことの利用の亡骸《なきがら》は棺に入れられ、長持《ながもち》で聖寿寺まで運ばれた。領民の目をあざむくべく、藩士たちは狐面を付け偽装した。利用の死は極秘事項ゆえに墓を作るわけにはもかず、埋葬した上に地蔵尊を設けたのである。

平蔵は自分の考えが見事に適中したことを喜ぶ気は起きなかった。それどころか、今月十五日に待ち受けている将軍家斉への拝謁を考えると、油断ならぬ思いがわいてくる。

平蔵ですらそう思っているのだから、当事者である利用や喜三郎をはじめとする盛岡藩の重役連中の気苦労は大変なものであろう。利用の将軍への拝謁はまさに御家存亡の一大事なのだ。

何としても鉄瓶割りを成功させねばならないはずだ。

（相馬大作こと下斗米秀之進一党に手を差し伸べないのは、こうした事情があった

からだったのか)

平蔵は秀之進や小野順次郎の不運を思った。

「ともかく平蔵、礼を申す。あとはこの腕次第だ」

利用は羽織の袖を捲り上げ、すっかり逞しくなった二の腕を平蔵に見せた。

「心配はご無用にございます。殿ならば必ずや成し遂げられましょう」

平蔵の励ましに利用も大きくうなずいた。

昼下がり、珍朝は一富士に銀次を訪ねた。

「親分、どうしたらいいんですかね」

珍朝は店の入れ込み座敷に上がると、ぼん太を訪ねた経緯から菊田との面談の様子までを一気に語った。

「妙な話だな」

銀次は顎を掻き、しばらく考え込んでいたが、

「こりゃただの……」

美人局じゃないと、目を輝かせる。

「おい、酒と肴、肴は何でもいいや」

店の横長床几に腰かけて、気持ちよさそうに木遣り節を唸っていた木挽き職人が、銀次の怒声に一瞬声を止めたが、

「おお悪い悪い。気にするな」

銀次が明るく言うと、再び自慢の喉を披露し始めた。

豆六と伝助が燗酒と目刺し、それに湯豆腐を運んで来た。

「ちょうどいいや。おまえらも一緒に飲め」

豆六と伝助は銀次が使っている下っ引きである。食い扶持を稼ぐため、一富士を手伝っていた。

「へい。ごちになりやす」

豆六は銀次の隣に座った。年若い伝助は遠慮がちに珍朝の隣に座る。

「おれが睨むところ、これはただの美人局じゃねえ」

銀次は、珍朝の身に降りかかった事件を下っ引きたちに説明し、こう締めくくった。

「なるほど、においますね」

豆六もうなずく。

「何かとんでもねえ悪事が仕組まれてるかもしれんぞ」

銀次は珍朝、豆六、伝助をゆっくり見回した。

「そんな、勘弁して下さいよ」

珍朝はますます怖気《おじけ》づいた。

「勘弁たって、おまえが色欲に溺れたからこんな目に遭ったんだろ」

銀次は鼻を鳴らした。

「そりゃあ、ごもっともですけどね」

珍朝は湯豆腐を口に放り込んだ。途端に、「あちっ」と、酒を口に入れた。

ところが、「あっちち、熱すぎるよこの酒」と、今度は舌を出した。

伝助は自分が燗をつけたと詫びた。

「よし、まずはその菊田とかいう浪人の正体を突き止めるぞ」

銀次は勢いよく猪口を空けようとしたが、舌を出してヒーヒー言っている珍朝の様子を見て、ちびりとひと口だけ含むことにした。

「おまえたちは珍朝の高座が跳ねるのを待って、菊田の後を尾けろ」

豆六と伝助は、「合点でえ」と声を揃えた。

七

明くる晩、深川山本町のたる松から高座を終えた珍朝が出てきた。柳の陰に豆六と伝助が身を潜めている。今晩の高座にも菊田は来ていた。相変わらずにやにやとした顔で噺を聴いている。

落語自体はとちりが少なくなったが、珍朝の持ち味である艶のある元気な声音は鳴りを潜め、噺を間違えないように語り終えるので精いっぱいのありさまだった。

珍朝不振の噂は深川一帯を駆け巡り、客の入りは減っていく一方だ。

「師匠」

豆六が珍朝を手招きした。珍朝は足早に柳の木陰に身をすべり込ませると、扇子で口を隠しながら、たる松の木戸門のほうを向いた。

「今出て来るよ」

何人かの客に紛れて菊田が姿を現した。

「頼んだよ、これ少ないけど」

珍朝は豆六に小粒銀の紙包みを握らせた。

「任しておくんなさい」

豆六が言うと、傍らの伝助もこっくりとうなずいた。

十五夜にはまだ三日あるが、雲の切れ間から顔を覗かせた月が、菊田の姿を照らしている。豆六と伝助は手ぬぐいで頬被りし、着物の裾を尻はしょりすると、両手を袖口に突っ込んで尾行を始めた。

菊田は、ゆっくりとした足取りで十五間川を右手に見ながらを黒江橋に向かっている。川を行き交う荷船の行灯の灯りが蠢《うごめ》いていた。菊田は黒江橋の袂に至ると、橋を渡らず、左に折れてすぐの縄暖簾に入った。

「兄貴、入りますか」

伝助が囁いた。

「小さな店だな」

間口二間の二階家である。一富士の半分くらいしか客は入らないだろう。

豆六は伝助を促し、素早く暖簾を潜った。菊田が二階に上がって行くのが見えた。

時刻は五つ半（午後九時）を過ぎている。木戸門が閉まるまで、あと四半刻もない。豆六と伝助は一階で待つことにした。入れ込みの座敷と横長床机に五人の客が残っている。

豆六と伝助が燗酒を一本飲み終わると、店の女中が暖簾を下ろしに行った。それを合図に、ありがとうございますと閉店を知らせる声が奥からした。

客がほろ酔い機嫌で帰って行く。

「おい、見逃すな」

豆六と伝助は階段に目を向けた。

下りて来た客は二人だった。

「菊田の奴、遅《おせ》えな」

「ちょっと覗いてきますよ、兄貴」

「ああ頼んだぜ」

伝助は階段を上った。

「お客さん看板ですよ」

女中が伝助に声をかけたが、「忘れ物だよ」と豆六が答えた。

女中は関心なさそうに、そうですかと言って、店じまいを始めた。

しばらくして、

「いませんや」

伝助は首を捻りながら下りて来た。

「そんなはずねえだろう」

豆六は階段を駆け上がった。不審な顔の女中に、「忘れ物だ」と伝助が告げた。

女中は眉をひそめたが、店じまいを急いだ。

豆六も首を捻りながら下りて来た。菊田はいなかった。

煙のように消えうせてしまったのだ。

「おらあ、三好町の銀次親分の下っ引きで豆六ってんだ。ちょいと御用の筋で教えてもらいてえことがある」

豆六は女中に訊いた。奥から中年の男が現れた。

「何でございましょう」

男は主人の仁吉と名乗った。

「ちょっと前に浪人が一人、店に入って来ただろう」

豆六は言った。

「はい。二階に上がって行かれました。お銚子を一本ご注文いただいて、お持ちしましたよ。お代はそのとき下さいました」

女中が答えた。

「それが、どっかへ消えちまった」

豆六は女中と仁吉を見た。

「ふ～ん」

女中と仁吉は首を捻った。二人の表情から心当たりがまったくないようだった。これ以上、訊いても収穫はなさそうだ。

「邪魔したな」

豆六は、珍朝から貰った小粒銀を仁吉に手渡すと、伝助を伴い店を出た。

「どうします？」

伝助が困った顔をした。

「ひとまず親分とこだ」

二人は一富士目指して夜道を駆け出した。

「おまえら尾行に気づかれたんだよ。菊田は二階から飛び降りたんだ」

銀次の考えは明快だ。いや明快と言えば聞こえがいいが、明快の前に、単純の二文字が付く。

「いや、そんなことはありません」

豆六は、菊田が尾行に気づいた素振りが、まったくなかったと言った。

「なら、入ると見せかけて入らなかったんだよ」

銀次の考えはあくまで明快である。

「いや、入りやした」

豆六と伝助は声を揃えた。銀次はさすがにたじろいだ。

「じゃあ、あと考えられんのは、菊田は二階のどっかに隠れていたってことだ」

「そんなことは絶対にありやせん」

豆六と伝助は、またも声を揃えた。

「馬鹿、取り逃がしたのには違《ちげ》えねえだろうが」

銀次は二人の額をぴしゃりと打った。二人は首をすくめ、黙り込んだ。

「そうだ、思い出した！」

伝助が突然叫んだ。銀次は口に含んだ酒を思わず吐き出した。

「おどかすな」

銀次は手ぬぐいで濡れた着物を拭《ふ》いた。

「すんません。いえね、思い出したんですよ」

「何を」

豆六が訊いた。

「二階から下りて来た客の一人が、どっかで見たことのある男だったんです」

「だから、誰なんだよ？」

今度は銀次が訊いた。

「浮世亭珍助《ちんすけ》ですよ」

伝助が言うと豆六も、

「たしかに。兄貴、ありゃあ、珍助だ」

そう相槌を打った。浮世亭珍助は珍朝の兄弟子である。

「間違いないんだな」

銀次は二人の目をじっと見据えた。二人は大きくうなずいた。

「よし、これで読めたぜ。美人局の狙いがな」

銀次は猪口をあおった。

八

十一月十四日の昼下がり。十時道場で珍朝の小噺が披露されていた。

武者窓から差し込む日差しは弱々しいものの、風はやみ、道場に陽だまりをつくっている。その陽だまりの中、珍朝は胴着姿となって快調に口演していた。春菜の狙いは適中し、入門希望者が五人、門弟の中に交じっていた。

珍朝は見所に座り、その前で門弟たちが膝を崩し楽しげな顔で聴いている。

平蔵も稽古の邪魔にならない程度ならと許していた。

郷助は初めのうちこそ苦々しげな顔を向けていたが、珍朝の軽妙な話しぶりについつしか破顔し、ついには腹を抱える始末だった。

「ある鼠の一家の噺でございます。娘さんが嫁ぎ先から戻ってきちゃった。我慢ならなくなったってね。お袋さんが心配しましてね、娘に訊いたんです。我慢ならないって、お姑さんに苛《いじ》められたのかい」

珍朝はにこやかに一同を見回した。

「娘さんは、そんなことないわ。お姑さんはとっても優しくていろいろと気づかって下さるのよ、と言う。お袋さんはそれを聴いて、じゃあ何が我慢ならないのって訊いた。娘さんは、お姑さんたら優しすぎて」

珍朝はひと呼吸おいて、猫撫で声なんですもんと、しなを作った。

道場は爆笑に包まれた。

往来の武者窓からその様子を窺っていた春菜は、「うまくいきそうだわ」と微笑んだ。

武者窓には何人かの見物人がたむろしている。ところが見物人の中から、

「ふん、くだらねえ噺をしやがって。こんなことやってる場合か」

吐き捨てるような男の声がした。鶴のように痩せた中年の坊主頭の男である。白薩摩の着物に茶献上の帯を締め、紫色の羽織に白足袋、雪駄履きという小粋な格好をしていた。

男は、春菜の視線に気がつくと、そそくさと背中を向けた。

「あのもし」

春菜は声をかけた。男は振り返った途端、激しく咳き込んだ。

「よろしかったら中で見物なさいませんか」

春菜は男の咳がやむのを待った。

「ご親切にありがとうございます。でも、あんなくだらない噺、聴く気になりませんね」

男は深々と頭を下げ去って行った。

春菜は足早に去っていく男の背中を見送った。

道場からは笑い声が漏れてくる。

「ある人が枡で鼠を捕まえました。仲間に、でけえ鼠捕まえたって自慢しました。ところが仲間は、小せえよと反論したんですな。いや、でけえ。いや、小せえ、で二人が揉めておりますと、枡の中の鼠がちゅう、って言ったそうです」

(くだらないかしらね)

春菜は何となく気恥ずかしくなり、母屋に戻って行った。

「本日はこれまでということで。みなさん、稽古に励みましょう」

珍朝は坊主頭をぺこりと下げると立ち上がった。

道場には珍朝の小噺の余韻が残り、すぐに稽古を再開できるような雰囲気ではない。

「稽古は四半刻後に改めて行う」

郷助が叫んだ。

「先生、実は」

銀次は平蔵の傍らに身を寄せ豆六、伝助による菊田尾行の経緯を話した。平蔵の瞳が見る見る輝き始めた。

「浮世亭珍助と菊田か。繋がりがあるのかも知れん。それと、菊田が忽然《こつぜん》と消えた謎解きをせねばな。このこと、珍朝には知らせたのか」

平蔵は珍朝に目をやった。珍朝は郷助に付いて素振りをしている。

「まだです。知らせたほうがいいですかね」

銀次が逆に問い返してきた。

「そうさな」

平蔵は考えあぐねるように顎をさすった。

「さあ、みなさんどうぞ」

春菜がお清を伴い、大皿に蒸かし芋を山盛りにして、道場へ入って来た。

「こいつはありがたい」

珍朝が真っ先に手を伸ばした。

「みなさん、珍朝師匠の噺で笑いすぎてお腹が空いたでしょ。たくさん召し上がって下さいね」

春菜は新入りの門弟に笑顔を振りまいた。門弟たちは大喜びで芋を頬張り始めた。平蔵と銀次も珍朝の側に座って食べ始めた。

「珍朝目当てに門弟が集まってよかったですね」

銀次は側に寄ってきた春菜を見た。

「師匠、恩に着るわ」

春菜は珍朝に軽く頭を下げてから、

「でもね、変な見物人がいたのよ」

と、小粋な格好をした男のことを話した。途端に、

「兄さんだ。それ、珍助兄さんですよ」

珍朝はあわてて手を滑らせ、蒸かし芋を落としてしまった。

九

平蔵と銀次は顔を見合わせた。平蔵の目配せで、銀次は珍朝を道場の外に連れ出した。平蔵も後に続く。庭を見ると、半助が忙《せわ》しく落ち葉を掃いている。

「稲荷で話すか」

平蔵の言葉で三人は稲荷の境内に入った。

「豆六と伝助の奴がな――」

銀次は昨晩の出来事を話した。珍朝は無言で銀次を見返した。

今回の美人局は珍助の奴が仕組んだに違いないと、銀次は断定した。

「心当たりはあるのか。兄弟子に恨まれるようなこと、おまえ何かしたのか」

平蔵がため息をついた。珍朝は盛んに首を捻っていたが、

「そりゃあ、時には喧嘩もしたりしますが、こんなたちの悪い企てをされる覚えは……いえ、本当です」

本人が言うようにまったく心当たりがないようだ。

「おまえに覚えがなくても、珍助にはあるのかもしれねえぞ。早え話が、珍助が惚れていた女におまえがちょっかいをかけたとか」

「親分、それはないですよ。兄さんとあたしじゃ、こっちの好みは全然違いますから」

珍朝は小指を立てた。

「珍助の好みは知らねえが、おめえは好みなんてねえだろ。手当たり次第なんだから」

銀次は鼻で笑った。

「そんなことございませんよ」

珍朝は剝きになって言い返した。

「馬鹿、手当たり次第だから、妙な美人局に遭ったんじゃねえか」

銀次は珍朝の額をぴしゃりと打った。珍朝は首をすくめた。

「ところで、ぽん太という辰巳芸者のことは探ったのか」

平蔵が銀次に訊いた。銀次は、「ああそれそれ」とぽんと両手を打ってから、

「豆と伝に深川中の料理屋を聴き込みさせたんですがね、そんな名前の芸者はいねえって。行方知れずです」

と、顔をしかめた。

「すると菊田といい、ぽん太といい、正体不明だな」

「ですからね、二人とも珍助に雇われたんじゃあねえかと」

「何のために？」

平蔵が訊くと、

「あっそうか。分かりましたよ。あたしも迂闊《うかつ》だった」

珍朝が答えた。平蔵と銀次は目を向ける。

「明日、十五日なんですけどね、百楽の大座敷で兄さんとあたしの二人会があるんです」

珍朝は急にそわそわしだした。

「そうか、しまいまで言うな。珍助は自分の芸を引き立てようと、おめえの調子を

狂わせるべく、今回の美人局を仕組んだって、こう言いてえんだな」

銀次は先回りした。

「はい。しかもその二人会、ただの二人会じゃないんです」

珍朝は真顔になった。

珍朝によると、浮世亭一門の重鎮、浮世亭珍生《ちんしょう》が高齢を理由に引退を考えているという。ついては、「珍生」の名跡を誰が襲名するかが、一門の一大関心事となっており、現在、一門は珍助を推す者と珍朝を推す者とに分かれている。

「するってえと、明日の二人会は、どっちが襲名するか決める場でもあるってことなんだな」

銀次が訊くと、

「師匠も一門の連中も、そして珍助兄さんも、口にこそ出しませんが、腹の中じゃそう思っています。何せ、明日の寄席には木場の旦那衆をはじめ、御贔屓にして下さってる大店の旦那方が大勢お越しになりますからね」

珍朝は答えた。

「そうか、汚ねえ野郎だな、珍助って奴は」

銀次は小石を蹴飛ばした。

「ともかくお前は自分の噺を精いっぱい口演することだ」

平蔵が言うと、

「そうだ、負けるな。脅しに屈しちゃいけねえぜ」

銀次は珍朝の肩を叩いた。

「はい、がんばります。これで美人局の狙いが分かったんですから、もう怖くありません」

珍朝の顔に笑みが広がった。平蔵と銀次はうなずいた。

「よし、そうと決まれば稽古だ」

珍朝は元気を取り戻し、道場に戻ろうとした。それを、

「おい、稽古は稽古でも〝やっとう〟じゃなく、今日は落語の稽古をしたほうがいいぞ」

と、平蔵が引き止めた。

「違えねえや。それじゃ、今日は御免なすって」

珍朝は軽い調子で言うと、境内を飛び出していった。

「調子のいい野郎だ。だがまあ、これで一件落着ってこってすかね」

銀次は首をすくめた。

「この美人局の一件、珍助が企てた弟弟子へのいやがらせということで確かに辻褄は合うが、どうもすっきりしないな。何かまだ裏があるような気がする」

平蔵は小首を傾げた。

「すっきりしないって、菊田が忽然と消えたってこってすか。それとぽん太の正体。ぽん太の住まいが別人の住まいだったってこともですかい」

「そんなことは簡単よ」

平蔵は当たり前のように返した。

「ええ!?　こちとらは、皆目。先生、聴かせて下さいよ」

「聴かせてやらんでもないが、どうもすっきりしないことがあるんでな」

「そんなもったいつけねえでくださいよ。いってえ、何が気になるんです?」

「今は話したところで、当てずっぽうにすぎない」

平蔵はしばらく考え込んでいたが、

「おれたちも明日、百楽に行こう。何とか席を取れないかな」

「うーん。何とかしやしょう。木場の旦那衆には知ったお人がいますんでね」

銀次はそっくり返って胸を叩いた。

「じゃあ、剣術の稽古だ」

平蔵はようやく笑顔になった。

「よし、目録目指して頑張るか」

銀次は気合いを入れるように腕まくりした。

平蔵は天を仰いだ。雁の群れが渡って行く。

(明日は利用さまの将軍家拝謁の日だな)

平蔵は利用の鉄瓶割りが無事に成功するよう、祈った。

十

その晩、珍朝の自宅に菊田が現れた。

珍朝の自宅は深川万年町二丁目の裏長屋だった。この長屋の近くには寺がずらりと並んだ参道あり、珍朝は日頃、寺の境内を散策し落語の稽古をしている。狭い長屋と違い、周りを気にせず稽古ができる寺院に近いことから、この長屋を気に入っていた。

「明日の晩、高座をしくじったら、ただではおかんぞ」

菊田は戸口で凄みのある笑みを浮かべた。

「珍助兄さんの差し金かい」

珍朝は気圧されまいと足を突っ張らせた。

「ひと言もとちることなく見事演じてみせよ。でないと、お前の首」

菊田は珍朝の質問には答えず、それだけ言い残すと不気味な笑いを浮かべて去った。

「くそ、汚ねえ真似しやがるぜ」

珍朝は水瓶から柄杓《ひしゃく》で水をすくい、一気に飲み干した。


翌日の夕暮れ、百楽は大勢の客で賑わった。

五十畳の座敷にはびっしりと客が詰めかけている。百人は優に超えているだろう。見るからに大店の旦那、若旦那といった男たちや辰巳芸者の姿が何人か見受けられた。ところが、異色なのは菊田である。

きちんとした身なりを整えた客の中で一人、髭も月代も伸び放題の菊田の存在は、異彩を放っていた。しかも最前列の真ん中に座っているのだ。

座敷には燭台に百目蠟燭が並べられ、料理、酒がふんだんに振る舞われている。

「まったく銀次よ、おまえの顔は大したもんだよ」

平蔵は腰を浮かし辺りを見回した。

「それ、皮肉ですかい」

二人は、座敷の片隅で今にも廊下にはみ出しそうな場所に、無理やり座布団を並べていた。

「ま、昨日の今日だからな。入れただけでも、親分の力には、いやあ、感心している。にしてもだ、菊田があんないい席に座っているとは、やはり珍助の縁かな」

平蔵は浮かしていた腰を落ち着かせ、銀次を見た。

「今日の演題は？」

「珍助が『盃の殿さま』で、珍朝が『大山参り』です」

銀次が言ったところで拍手が起きた。

まずは、珍助が出て来た。

珍助は千鳥格子の小袖に紫の羽織を身に着け、長身の身体をやや前方に傾けながら入ってくると、座敷を見回し高座に座った。普段は、芸者が踊りを披露する十帖ばかりの板敷きにちょっとした高さの台が設けられ、座布団が敷かれている。

珍助は客席に向かって丁寧にお辞儀すると、あいさつもそこそこに話し始めた。

「珍助の奴、あまり顔色がよくないな」

揺らめく蠟燭の火に浮かぶ珍助の顔は蒼白く、顔色の悪さを隠すように唇には紅を差している。

「どっか悪いのかもしれやせんね」

己の不調を補うためにあんなこと仕組んだって筋立てかよ、と銀次は続けた。周りから「しっ」と言われ、銀次は口をへの字にした。

珍助は、銀次の予想とは裏腹に快調に演じ、客席は爆笑に包まれた。

「どこの大名か分からないので、かわいそうに未だに捜している」

下げを話すと、座敷は拍手と歓声が満ち満ちた。

「さすがだな」

「悔しいが、うめえもんです」

平蔵と銀次も感心せざるを得ない出来だった。

珍助の名演の余韻が残っている会場に珍朝が登場した。

最近の珍朝の不調を知っているのか、客席から起きる拍手は珍助のときより遥かに少ない。それでも珍朝は満面の笑みで高座に座った。

「ええ、まずは、みなみなさまにお詫びを申し上げねばなりません」

珍朝は座敷を見渡した。客席がわずかにざわめいた。菊田はいつものごとく腕組みしてにやにやしている。

「本日あたしが演じるつもりでした噺は『大山参り』でしたが、別の噺をご披露申し上げます。どうかご了承下さい」

珍朝が頭を下げると客席から賛否両論の野次が飛んだ。

「あたし、生来の粗忽者です。それに加えてこれが大好きと、きてます」

珍朝は小指を立てた。

「知ってるよ！」

珍朝贔屓の客から野次が飛んだ。珍朝は扇子で額をぴしゃりと叩くと、

「まいったな。こうみなさまにまで知られていたんじゃ、引っかかったのも無理はない。実は先日、女好きが災いして美人局に気に入られちまいまして、ひどい目に遭いました。ところが、これでも芸人、噺家の端くれ。こいつを生かさない手はねえと思いました。それで、本日は『駒長』をお聴かせしようと存じます」

珍朝は一瞬、菊田と視線が合ったが、まったく動ずることなく客席を眺め回した。座敷中が沸いた。

「勝負に出やがったな」

銀次は満足げな笑みを浮かべた。平蔵も拍手を送った。

「駒長」は美人局を題材にした落語である。

やくざ者の亭主が損料屋を美人局にかける。損料屋は亭主の女房に惚れている。それを利用し亭主は女房に芝居を打たせる。損料屋に言い寄らせ、女房との浮気の現場を亭主が取り押さえて、金品を損料屋から脅し取ろうとする。

ところが、損料屋の誠実さに心打たれた女房は、やくざ者の亭主に愛想を尽かし、損料屋と一緒に家を出て行く、という筋だ。

珍朝は迫真の演技だった。亭主、女房、損料屋を見事に演じ分け、客たちはまるで芝居を見ているような気分に陥った。

「奴《やっこ》さんが家から飛び出すってえと、向かいの家の屋根で烏が、アホ、アホ、アホ」

と、下げを終えると、客席からはまさに割れんばかりの拍手が起こった。

「大したもんだ」

「ふっきれたな」

平蔵と銀次は惜しみない拍手を送った。

やっとのことで拍手が静まり、二人会はお開きとなった。

客たちはみな満足げな顔で座敷を後にする。その中に菊田の姿もあった。銀次は素早い動作で近づき、袖を引っ張った。

「菊田さん、ちょいと、お付き合い下さい」

「あいにくと先を急ぐので」

菊田は目を大きく見開いて、銀次の手を払いのけた。

「まあそうおっしゃらずに。大して手間は取らせませんよ」

銀次は菊田の腕を摑むと、座敷の片隅に引っぱって行った。平蔵と珍朝が待っていた。

「これは菊田さん、ようこそお越し下さいました」

珍朝はにっこり微笑んだ。気のせいか、菊田はどぎまぎしたようだ。これまでの珍朝と菊田の立場が逆転したようである。

「さて、菊田さん。美人局の一件、きっちり話してもらおうか」

銀次は羽織を捲り、腰の十手をちらつかせた。

すると――。

「その人に罪はありません」

珍助が、かん高い声を上げた。

その横には紋付の羽織、袴の立派な身なりの初老の男が立っている。珍助は目を丸くした。

「師匠！」

浮世亭一門の重鎮、浮世亭珍生だった。

十一

平蔵たちは珍生の好意により、百楽で会食することになった。

一階の十畳敷きの座敷に通されたが、平蔵、銀次に加え、珍朝、珍助、珍生のほかにどういうわけか菊田も加わっている。

「いってえ、どういうこってす？」

銀次は開口一番、珍生に言った。落ち着いた所作で口を開けようとした珍生に向かい、平蔵が話し始めた。

「まずは愚考から話そう。珍生、珍助両師匠には、そのうえでお話しいただきたい」

一同はうなずいた。

「今回の美人局騒ぎの裏には『珍生』の襲名がある」

「ですから、珍助が珍朝を陥れようとひと芝居打ったわけでしょ」

いつものように銀次が口を挟んだ。平蔵が、「まあ、最後まで聞け」となだめると、親分、先生の話を聴きましょうと珍朝も言い添えた。銀次はやっと大人しくなった。

「珍生襲名に当たっては珍朝と珍助師匠の二人が候補に上がった。ところが、珍助師匠は理由は後で本人から聴かせてもらうが、弟子の珍朝に譲る気になった」

平蔵は珍助を見た。珍助はそっとうなずいた。

「そんな。話があべこべでしょ。だったら、何だって美人局で珍朝を陥れようなんてことしたんですかい」

我慢できずに銀次がまたも口を挟んだ。

「それは、珍朝の芸を高めるためなんだ。珍朝を美人局に遭わせ、噺家としてひと皮剝けてもらい、その上で『珍生』を襲名してほしいという兄弟子の思いだよ。菊田さん、あんたもぼん太も珍助師匠に雇われたんだね。本職は何をやっている。さしずめ役者かな」

平蔵は菊田を見た。菊田はうつむいたと思うと、鬘《かつら》と髭を取り去った。童顔のつるりとした顔が現れた。

「お察しの通りです。珍生師匠に贔屓にしてもらっております旅役者で、市村幸之《いちむらこうの》助《すけ》と申します。ぼん太は同じ一座の片山五兵衛《かたやまごへえ》という役者です」

「ええ？　するってえと、ありゃ男だったんだ！」

珍朝は驚愕の声を出すと、

「まったく、こっちの修行も足りねえや」

と、小指を立て扇子で額を打った。

座敷が笑いに包まれた。

「浪人の菊田さんが縄暖簾の二階から忽然と姿を消したように見えたのは、今のように髷と付け髭を取ってから一階に下りたためだ」

平蔵が言うと、菊田こと市村はうなずいた。

「すると、ぼん太の家は？」

珍朝が言うと、

「あの下駄屋のご隠居はわしが懇意にしてもらってな、あの晩だけ家を貸してもらったんじゃ」

珍生は愉快そうに笑った。

「それにしちゃあ、あたしが訪ねた時、すっとぼけていて、ころっと騙されましたよ」

珍朝が言うと、

「だから、修行が足りないんだよ」

銀次が舌打ちした。

「十時先生、銀次親分、今回はご迷惑をおかけしました。珍朝、悪かったな」

珍助は正座した。珍朝は神妙な顔になった。

「おれは師匠から『珍生』襲名の件を持ち出された時、おまえを推した。おまえの芸にはおれにはない独特の艶というものがある。それに、おれは病気持ちだ。とても長くは高座を張れない」

珍助は肺病を患っていた。

「いいか珍朝、この珍助はな、何とかおまえに一流の噺家になってほしいって、そんな気持ちから今回の美人局を仕組んだんだよ」

珍生は諭すように言った。

珍朝は噺家の天分に恵まれている。どんな噺もたちどころに自分のものにし、巧みに演じてしまう。ところが、芸に深みがない。小才だけに頼った芸である。これでは、いつか壁にぶつかり噺家として大成できない。

それどころか、最近は人気を鼻にかけて稽古をさぼるようになった。酒、女に身を持ち崩しているありさまだ。こんな時に『珍生』を襲名したらますます増長し、「珍生」の看板の上に胡坐《あぐら》をかいて、芸をおろそかにしかねない。そうなれば、浮世亭一門の看板にも泥を塗ることになる。

　そこで、珍生と珍助は、珍朝に小才だけに頼る芸を脱却させるべく、美人局の芝居を打った。つまり、脅されて追いつめられ、それを克服することで噺家としてひと皮剝けさせようとした。

「でも、そのことであたしが駄目になったら、どうするつもりだったんで」

「知れたことだ。破門するだけのことよ。ははは」

　珍生は愉快そうに笑った。

「だがな、師匠もおれもおまえなら必ず乗り越えると思っておったぞ」

　珍助はやさしく言うと、

「ねえ、師匠。今晩の『駒長』は大した出来でしたよね」

　珍生は、ああと懐紙で目頭を押さえた。

「見ろ。師匠、歳のせいか涙もろくなっちまって」

「馬鹿野郎、鼻をかんだだけよ。誰がこんな馬鹿弟子のために涙なんか」

　珍生は涙をぬぐうと思い切り鼻をかんでみせた。

「おめえ、幸せもんだな。こんないい師匠に、兄弟子を持って」

銀次が言うと、珍朝は両手を畳に付き、肩を震わせた。

「めそめそすんじゃねえよ」

珍生が江戸っ子らしく巻き舌で言った。

「師匠、兄さん、ありがとうございます」

珍朝は涙に濡れた顔を上げ、

「わがまま言わせて下さい。『珍生』襲名は、もうちょいと先に。あたしは、もっともっと修行を積みます。『珍生』の名を汚さねえようになるまで精進致します。ですから、どうか襲名はまだ先に」

再び頭を下げた。

「分かった。だがな、おれもそう先は長くはねえよ。死んだ婆さんがあの世で寂しがってるからな」

「お内儀さんなら男つくってよろしくやってますよ。この世での師匠の浮気の仕返し……」

パシッ！

話しを続けようとした珍朝の額を珍生が扇子で打った。妙にいい音がした。一同から自然な笑いが起きた。

「さあ、ぱっといこう」

珍生が手を打ち鳴らすと、酒、料理、辰巳芸者がやって来た。

「姉さんたちの中でぽん太はいないか」

平蔵がにやにやしながら訊いた。

「先生も冗談がきついや」

珍朝が唸《うな》ると、座敷はさらに華やいだ空気に包まれた。


「珍朝さん、よかったですね」

春菜は平蔵の耳掻きをしている。十時道場には、のべつまくなく人の出入りがあるため、夫婦水入らずというのは、案外少ない。

平蔵は叔父源之丈からの書状を読んでいる。利用は無事、鉄瓶割りを成就し、将軍家斉への拝謁を終え、盛岡藩十一代目当主として本領安堵されたという。

「どうにか、難局を乗り越えたな」

平蔵がつぶやくと、

「ええ？　何ですか」

春菜の耳搔きが止まった。

「いや、珍朝のことだ」

平蔵はあわてて取り繕った。

利用にとって、正念場はまだまだ続く。

これから当主として政《まつりごと》に当たらなくてはならないのだ。差し当たって、秀之進の身柄を確保し津軽藩とのこじれた関係を修復する必要がある。

平蔵は追伸を見た。そこには利用自身の筆で、これからも力になってほしい、と記されていた。

「あ、そう、そう。昼間、お客さまが来られました」

春菜は再び耳搔きを始めた。

「客……？」

「千葉周作さまと、おっしゃいました」

春菜が答え終わらないうちに、

「千葉周作！」

平蔵は半身を起こした。春菜は、危うく耳搔きで平蔵の耳を傷つけるところだった。それほどに平蔵は興奮していた。

何です、危ない、と言う春菜の言葉にも耳を貸さず、平蔵は声を荒げた。

「たしかに、千葉周作殿だったのだな」

「そう名乗られました」

平蔵の剣幕に春菜は戸惑う。

「なんで、おれを呼ばなかったのじゃ」

「長山さまの藩邸に出稽古に行かれていたではありませぬか」

「そうか。そうだったな」

平蔵は落ち着きを取り戻すと、周作の来訪の目的を訊いた。

周作は回国修行を終え、来年江戸で道場を開くという。今日は道場探しの途中、平蔵の顔を見たくなったのだとか。

「千葉さまって、お強いのですか」

「ああ、強い」

「旦那さまよりも？」

春菜は不安げな眼をした。

「分からん」

平蔵は立ち上がり、勢いよく障子を開けた。

「雪だわ」

春菜も濡れ縁に立った。

冬の到来を告げるように粉雪が舞っていた。

(盛岡じゃ今頃、辺り一面の雪だろう)

平蔵は春菜をそっと抱き寄せた
「千葉さまが深川で道場を開かれたら、うちの門弟を取られちゃうかも」

春菜はすねたような声を出した。

「心配するな」

平蔵は夜空に周作の姿を思い浮かべた。

あれから、六年が経過している。

平蔵は周作との再会、そして、手合わせの日を待ちわびるように夜空を見上げ続けた。

ベスト時代文庫

せっこの平蔵道場ごよみ

早見　俊

2008年1月1日初版第1刷発行

発行者……………… 栗原幹夫
発行所……………… KKベストセラーズ
〒170-8457　東京都豊島区南大塚2-29-7
振替 00180-6-103083
電話 03-5976-9121(代表)
http://www.kk-bestsellers.com/

DTP……………… 大文社
印刷所……………… 凸版印刷
製本所……………… 明泉堂

落丁・乱丁本はお取替えいたします。
定価はカバーに明記してあります。

©Shun Hayami 2008
Printed in Japan ISBN978-4-584-36622-6 C0193

ベスト時代文庫

ベスト時代文庫

くらがり同心裁許帳
井川香四郎

迷宮事件ばかり扱う角野忠兵衛。人は彼を「くらがり同心」と呼ぶ。

晴れおんな
くらがり同心裁許帳
井川香四郎

未解決事件を追う〝はぐれ同心〟を描く、好評の第二弾！

縁切り橋
くらがり同心裁許帳
井川香四郎

忠兵衛の涙に煙る吾妻橋、切るに切れない夫婦の絆。好評第三弾。

無念坂
くらがり同心裁許帳
井川香四郎

無実の罪で死んでいった男と、残された女の無念を晴らす人情裁き。

ベスト時代文庫

まよい道 井川香四郎
くらがり同心裁許帳

災い転じる人情裁き。迷宮事件を追う忠兵衛に思わぬ受難！

見返り峠 井川香四郎
くらがり同心裁許帳

ご赦免で戻ってきた遊び人が殺され、事件はくらがりに落ちた。

残りの雪 井川香四郎
くらがり同心裁許帳

名奉行・大岡越前から一万両で商家に売られた忠兵衛の命運。

泣き上戸 井川香四郎
くらがり同心裁許帳

「もらい泣き」。人形浄瑠璃語りの花形と夜鷹女のゆかり。

ベスト時代文庫

ベスト時代文庫

権兵衛はまだか
くらがり同心裁許帳
井川香四郎
忠犬を教えてくれた人の道理。情けない世に沁みた温もり。

彩り河
くらがり同心裁許帳
井川香四郎
哀しい過去を背負った貧しき若者と大店の娘の淡い恋。